La

Jacques Michaud, Pierre Grégoire et Jeanne Duhaime

LUNE d'entre elles

To Annie,

À lire
au clair de lune!

[illegible]
Septembre 2014

Bibliographie

Le Muscle de l'étreinte, poésie (illustrations de Richard Robesco), Gatineau, Neige-Galerie, 2014.
13 MalentenduEs, la part manquante des Évangiles, Gatineau, Vents d'Ouest, 2009.
À l'heure du jour qui penche, Ottawa, Vermillon, 2009.
Une faim de Louve, Ottawa, éditions David, 2000.
Éloïse, poste restante, Montréal, Le Jour Éditeur, 1994.

Jeunesse

Chez les oiseaux avec Om'a, Les éditions du soleil de minuit, Saint-Damien, 2010.
En ski avec Om'a, Les éditions du soleil de minuit, Saint-Damien, 2009.
Du Yoga avec Om'a, Les éditions du soleil de minuit, Saint-Damien, 2007.

RAFALES

LUNE
d'entre elles

Loïse Lavallée

Vents d'Ouest

NOUVELLES

Catalogage avant publication de Bibliothèque et Archives nationales du Québec et Bibliothèque et Archives Canada

Lavallée, Loïse

Lune d'entre elles

(Rafales. Nouvelles)

ISBN 978-2-89537-354-4

I. Titre. II. Collection : Rafales. Nouvelles.

PS8573.A791L86 2014 C843'.6 C2014-941174-X
PS9573.A791L86 2014

Nous remercions le Conseil des Arts du Canada de l'aide accordée à notre programme de publication. Nous reconnaissons l'aide financière du gouvernement du Canada par l'entremise du Fonds du livre du Canada pour nos activités d'édition. Nous remercions également la Société de développement des entreprises culturelles, la Ville de Gatineau ainsi que le CLD Gatineau de leur appui.

Dépôt légal — Bibliothèque et Archives nationales du Québec, 2014
Bibliothèque et Archives Canada, 2014

Direction littéraire : Jacques Michaud
Correction d'épreuves : Jeanne Duhaime

Éditions Vents d'Ouest
109, rue Wright
Bureau 202
Gatineau (Québec) J8X 2G7

Téléphone : 819 770-6377
Télécopieur : 819 770-0559
Courriel : info@ventsdouest.ca
Site Internet : www.ventsdouest.ca

Diffusion au Canada : PROLOGUE INC.
Téléphone : 450 434-0306
Télécopieur : 450 434-2627

Diffusion en France : Distribution du Nouveau Monde (DNM)
Téléphone : 01 43 54 49 02
Télécopieur : 01 43 54 39 15

En octobre 2012, l'auteure a eu le privilège d'occuper le poste d'écrivaine en résidence à la bibliothèque municipale de Gatineau. Pendant cette affectation, il lui a été possible de terminer le présent recueil.

Que la Ville de Gatineau trouve ici
l'expression de sa gratitude.

La grâce, c'est la force surhumaine
d'affronter le monde seul, sans effort,
de le défier en duel tout entier
sans même se décoiffer.

Erri De Luca
Au nom de la mère

Croix païenne en forme d'arbre
qui unit les trois mondes :
céleste, terrestre et des enfers.

Que des luminaires apparaissent dans l'étendue
des cieux pour séparer le jour de la nuit,
et ils serviront de signes pour les époques,
les jours et les années... Et Dieu vit que cela était bon.

Genèse, I:14, quatrième jour de la création.

De tout temps, l'être humain a cherché à se situer dans le cosmos et, dès qu'il a pris conscience de l'univers, il a levé les yeux vers le ciel. Véritable énigme, la lune l'a enchanté, surpris, terrifié. Dans l'immense noirceur du dôme céleste, sa présence théâtrale est devenue un point de repère pour le monde des vivants, un éblouissant protagoniste qui accompagne et chaperonne l'humanité.

Étrangement, ce n'est pas quand la lune s'absente qu'elle inquiète le plus, mais lorsqu'elle irradie dans toute sa splendeur au quatorzième jour de sa révolution. En permanence au-dessus de nos têtes dans une course qui l'éloigne du globe terrestre de quelques centimètres par année, cet astre mort, dont le cœur a cessé de battre depuis des milliards d'années, reçoit sa lumière du soleil. Sans noyau actif, elle ne produit aucune énergie susceptible d'émettre de la lumière, et son aspect, qui varie de jour en jour, dépend de son orientation par rapport au soleil. Or, cette réalité ne diminue en rien la force prodigieuse de son attraction, n'altère aucunement sa merveilleuse influence sur l'imaginaire, non plus que l'importance de son rôle dans l'apparition de la vie.

Un cycle lunaire est de 29 jours, 12 heures, 44 minutes et 2,9 secondes. Toutefois, douze lunaisons font à peine 360 jours et, comme le calendrier doit être le plus exact possible – sinon il ne correspondrait plus à la réalité des saisons, qui finiraient par arriver n'importe quand –, certaines années comptent treize lunaisons. Cette occurrence se produit tous les 2,6 ans. La deuxième révolution synodique d'un même mois porte le nom de lune bleue, qui est à l'origine de la fameuse appellation anglaise *Once in a blue moon,* dont la signification est rarement. Les mois à deux lunes peuvent varier, car la lune bleue possède l'insigne privilège de se manifester à n'importe quel mois de l'année.

Faut-il craindre une année à treize lunes ? Peut-elle avoir un impact sur les catastrophes naturelles ? Dans une société où l'on a tendance à vouloir tout expliquer, le fait, justement, que la science ne parvienne pas à offrir de certitudes absolues, ni dans un sens ni dans l'autre, ajoute à la fascination, aux interprétations et aux superstitions qui entourent une telle année.

Dans presque toutes les cultures, le symbolisme lié au luminaire de la nuit est intimement lié au déroulement des saisons, chaque lunaison exhibant une analogie avec les cycles de la nature. Toutefois, certaines civilisations vont plutôt s'attacher à son aspect mortifère, allant jusqu'à affirmer que l'âme des défunts choisit d'y reposer après le passage de vie à trépas. La lune devient alors synonyme de décrépitude et de mort, pour paradoxalement évoquer ensuite résurrection ou réincarnation.

Ambivalence, coexistence de vie et de mort, éternel mystère, l'astre au front d'argent évoque de plus le monde subliminal, cette faible lumière de l'inconscient, incubateur des émotions, des peurs et des fantasmes. Les magiques soirs de pleine lune éclairent les ténèbres, enflamment l'imaginaire, positionnent les vivants dans l'espace fini et infini, unifient l'humain à cette universelle communion des âmes.

Chaque lune est à la fois unique et insolite.

L'une n'est pas l'autre… mais LUNE d'entre elles.

La lune est pleine et on ne sait pas
qui l'a mise dans cet état.

Alphonse ALLAIS

1

Janvier

Mouvement perpétuel

Rythme scandé, tic-tac, flux et reflux, tangage ou dandinement, ces mouvements oscillatoires la ravissaient. Hypnotisée, Alma pouvait exploiter chacune des vacillations de son corps, battre la mesure du temps, se balancer dans des roulis aussi variés que fantaisistes. Au fil des ans, elle avait inventé une extraordinaire panoplie de bercements qui la conduisaient au cœur d'un va-et-vient incantatoire et lui procuraient détente et sécurité.

Déjà fœtus baignant dans le liquide amniotique, elle suivait la régularité familière des allées et venues du ventre qui la transportait, barbotait *in utero* au sein de son édénique refuge, culbutait joyeusement dans les eaux chaudes et silencieuses de son abri. Quand sa mère s'allongeait et que les ballottements s'arrêtaient, Alma s'agitait. La future maman devait se relever et faire les cent pas dans l'espoir de calmer le petit barracuda de ses entrailles. Lorsqu'elle se recouchait, épuisée, le barracuda s'éveillait à nouveau, forçant papa à prendre le relais. Ce dernier caressait le ventre ondulant de sa femme, jusqu'à ce qu'une crampe dans le bras l'empêche de continuer.

– Allez, bébé, fais dodo, soufflait-il sur l'abdomen de sa femme qui, elle, sommeillait depuis longtemps.

Quelques mois après sa naissance, Alma s'endormait dans un bercement de pendule qui déconcerta ses parents. Mais quand la fantaisie de leur benjamine prit de l'ampleur, cette tocade les inquiéta. Soir après soir, leur bébé se dodelinait non seulement pour trouver le sommeil mais, une fois assoupie, conservait cette cadence en se tapant la tête contre les parois du lit. Comme c'était leur quatrième enfant et qu'elle se développait normalement, l'un et l'autre s'étaient raisonnés en se disant qu'après tout ce comportement n'était pas plus étrange que sucer son pouce ou se frotter le nez avec un bout de couverture.

Alma marcha à onze mois et, dès deux ans, se mit à parler comme une pie. Lorsqu'elle passa du berceau au grand lit, elle perdit les repères de sa première couchette et la spirale de ses manies s'accentua. L'heure d'aller au lit devint un vrai cauchemar. Tout en la berçant, son père chantait pour la calmer, arrivait finalement à l'endormir à grand renfort de berceuses. Mais dès qu'il la posait sous ses couvertures, celle-ci se remettait à pleurer. Les parents eurent alors la bonne idée de placer le lit de leur benjamine le long du mur et d'y aligner ses animaux en peluche. Eurêka ! Ainsi *peluchée*, la cloison remplaça les contours duveteux de l'autre couchette, celle-là même qui avait succédé aux remparts glissants de la membrane maternelle. Rassurée, l'enfant cessa de pleurer et reprit ses habitudes d'assoupissement.

À quatre ans, la fillette se balançait tout le corps jusqu'à ce que le sommeil la gagne, puis, une fois endormie, se cognait la tête contre le mur de manière rythmée et continue. Exaspérée, sa mère crut bon d'en parler au pédiatre.

– Je comprends que son comportement puisse vous troubler, dit-il. De telles habitudes sont pour le moins dérangeantes mais, chez certains enfants, il arrive qu'elles se poursuivent jusqu'à l'âge de cinq ou six ans. Pour le moment, je ne pense pas qu'il y ait lieu de s'alarmer. Alma se développe normalement du point de vue physique. Ne vous inquiétez donc pas, ce caprice va sans doute finir par s'estomper, puis il disparaîtra complètement, vous verrez.

Or, il n'en fut rien.

Au terrain de jeux, seules les balançoires intéressaient la fillette ; à l'école, elle tapait du pied droit pendant les cours, une manie qui persista plus tard au collège, à l'université puis au travail. Elle se berçait le soir dans son lit pour s'endormir, pendant la journée pour calmer ses angoisses ou lorsqu'il lui fallait passer un cap difficile. Elle entreprit même des études de piano pour le simple plaisir d'entendre le tic-tac du métronome. À plusieurs reprises, ses parents essayèrent d'aborder le sujet avec leur fille, mais celle-ci restait évasive ou refusait d'en discuter.

– Écoute, ma chérie, tu t'empêches d'aller coucher chez des amies à cause de ces balancements ; tu te prives de voyager à cause de tes habitudes. J'ai pris rendez-vous avec un psychologue, je suis certaine que…

– Je n'ai pas besoin de psychologue, je suis capable de m'arrêter toute seule. Puis, ce n'est pas le moment, les examens s'en viennent, il faut que je me concentre.

– Toi qui voulais passer deux semaines dans un camp de musique cet été…

– J'veux plus y aller, j'aurai pas le temps de voir mes amis ; ça fait que j'ai changé d'idée.

À vingt ans, la jeune femme vécut son premier coup de foudre, s'installa en couple avec son amoureux et, par la force des choses, lui imposa son hypnogène accoutumance. Ce dernier la supplia d'arrêter, car les manies de sa bien-aimée l'empêchaient, lui, de s'assoupir.

– Alma, comment est-ce que j'peux dormir quand tu bouges sans arrêt presque toute la nuit ? On ne peut pas continuer comme ça. J'suis conscient que ce sont des habitudes acquises depuis que t'es toute petite, mais il doit bien avoir un moyen de t'en guérir.

– Tu sauras que je n'suis pas malade. On peut faire chambre à part si tu veux.

– Bien voyons, qu'est-ce que tu dis là ? J'ai pas envie de faire chambre à part, moi. On a vingt ans, pas quatre-vingts.

Devant le désarroi de son compagnon, Alma fit un réel effort pour mettre fin à ce qu'elle appelait ses fantaisies. Sans succès. Après quatre mois de cohabitation, les amoureux, déjà beaucoup moins entichés l'un de l'autre, se séparèrent.

À vingt-six ans, belle, sportive et enjouée, accomplie dans sa vie professionnelle, la jeune femme n'avait rien changé à ses comportements. Bien au contraire, ceux-ci prenaient de plus en plus de place, Alma ne pouvait leur résister. Finalement, de guerre lasse et irritée par cet esclavage, elle décida d'aller consulter un spécialiste.

– Vous présentez un trouble obsessionnel compulsif, mademoiselle, ce qu'on appelle un TOC, lui affirma-t-il. Ce genre de comportement est en général lié à une phobie. Cette peur inavouée génère à son tour des angoisses qui, elles, amènent les compulsions. En ce qui vous concerne, votre anxiété s'exprime par ces mouvements de va-et-vient, de bercement que vous répétez de façon rituelle. C'est une forme de psychopathologie, de névrose si vous préférez.

– Je ne préfère rien du tout docteur. Autrement dit, vous voulez insinuer que je suis folle. C'est ça ?

– Non, non. N'exagérons rien. Vous déformez mes paroles. Je disais simplement que, dans votre cas, nous sommes en présence de compulsions cognitives. Si votre corps a cultivé ce genre d'accoutumances, c'est avant tout dans votre tête que ça se passe. Vous êtes venue me consulter, vous êtes donc consciente que cette obsession vous stigmatise et vous isole de vos pairs.

Le psychiatre lui proposa une thérapie référentielle jumelée à une pharmacothérapie qui devait altérer le niveau de sérotonine de sa patiente. Exaspérée par tout ce charabia, rébarbative à l'idée d'être médicamentée, Alma mit fin à la session et annula les rendez-vous suivants. Tout compte fait, elle comprit aussi qu'elle ne voulait pas se priver de ces rituels qui l'apaisaient. Ils étaient sa drogue, une catharsis, ni plus ni moins que des sorties de secours. Cette routine qui, après tout, ne faisait de mal à personne, lui permettait de s'évader. Pendant ces périodes, il lui était possible de raviver des situations qu'elle avait vécues, d'imaginer des scénarios à venir, de ressentir d'intenses émotions qui, autrement, croupissaient dans son inconscient sans jamais avoir l'occasion de se manifester.

Qu'ils aillent tous au diable avec leurs conseils.

Alma continua donc de vivre seule, découchait rarement pour ne pas avoir à se priver trop longtemps de ses habitudes, s'arrangeait pour que ces séances se déroulent à des moments où elle était certaine de ne pas être dérangée. Le soir, avant de s'endormir, elle s'étendait en chien de fusil, un oreiller entre les jambes, se balançait de droite à gauche pendant près de deux heures au son d'une musique, de préférence classique. Les notes pleuvaient autour d'elle en gouttes bienfaisantes, lui construisaient un refuge, se fusionnaient au rythme des bercements. Ces épisodes lui apportaient euphorie et relaxation. Pourquoi s'en priverait-elle ?

○

En ce matin de janvier, un ciel lumineux invite la jeune femme à chausser ses patins. Elle prend l'autobus, descend rue Elgin à la hauteur de Somerset et se dirige vers le canal Rideau. Cette patinoire de plusieurs kilomètres la ravit et, chaque hiver, Alma en fait l'aller-retour aussi souvent que possible.

Elle descend l'escalier de bois, enfile ses patins, fait quelques pirouettes, puis s'élance en plein soleil, le vent dans le dos. Quel bonheur ! Arrosée pendant la nuit, la glace est parfaite. Un froid intense la rend aussi lisse qu'un miroir. La patineuse glisse sur la surface lustrée du canal, le poids de son corps passant d'un patin à l'autre dans une valse scandée et entraînante. Ses bras, telles deux ailes déployées, décuplent son élan, la projettent en avant tout en la berçant dans un même mouvement. Gauche, droite, gauche, droite, les lames de ses patins lacèrent la glace dans une harmonieuse et fluide alternance, son corps entier se fait balancier. Près du pont Pretoria, elle ferme les yeux quelques secondes pour mieux savourer l'intensité de son plaisir. Elle ne voit pas le patineur de vitesse qui arrive en sens inverse.

○

Alma émerge du coma deux semaines plus tard. Son regard horrifié révèle au médecin que sa patiente a repris conscience. Celle-ci ne peut plus bouger. Il lui prend la main, se penche sur elle et, le regard plongé dans le sien, lui explique ce qui s'est passé.

– Vous rappelez-vous d'être allée patiner ? Vous êtes tombée et votre tête a percuté la glace, ce qui a provoqué une commotion. À l'hôpital, vous avez ensuite fait une embolie qui, à son tour, a entraîné une lésion du tronc cérébral.

Il fait une pause, prend une profonde respiration avant d'ajouter :

– Vous souffrez du syndrome d'enfermement.

Il lui explique en quoi consiste cette affection, l'informe du pronostic. Il n'y a malheureusement pas de guérison possible. Paralysée, Alma voit tout, entend tout, mais ne peut plus ni bouger ni parler. Sa paralysie est complète, sauf pour l'ouverture et la fermeture des paupières, ainsi que pour le mouvement combiné de ses yeux, ce qui lui permet, mais si peu, de communiquer.

○

L'infirmière termine la toilette de sa patiente, lui parle de tout et de rien, range la chambre avant d'éteindre pour la nuit.

– Ce soir c'est la pleine lune, dit-elle. Je ne tire pas le rideau. Comme ça, vous pourrez l'admirer de votre lit. Le ciel est clair, je suis certaine que vous l'apercevrez de la fenêtre ! Dormez bien. Je suis de garde toute la nuit, je vais revenir vous voir plus tard, ajoute-t-elle avant de sortir.

Une fois seule, Alma fixe la fenêtre, juste en face de son lit. Tel un drap mortuaire plaqué sur la vitre, ce rectangle ténébreux l'aspire vers le néant. Aucun exutoire à l'horreur de sa situation : elle est emmurée vivante, n'a pas le courage de continuer, veut quitter ce corps sur lequel elle n'a plus aucun pouvoir. Mais c'est impossible, personne ici n'acceptera de mettre fin à ses jours.

Vides d'espoir, ses yeux s'accrochent à cette ouverture vers l'extérieur. Une faible lueur semble gagner du terrain sur le rectangle obscur de la vitre. Lentement, l'astre de la nuit émerge, se manifeste enfin. Des profondeurs du ciel, la pleine lune de janvier, glacée, monacale, indifférente, défie la malade, la nargue et la tourne en ridicule :

– Vois comme je suis libre, belle et changeante. Le ciel est mon royaume et toi, tu ne peux même pas bouger !

La jeune femme se rappelle ce que lui disait sa grand-mère à propos de cette lune de la mi-saison hivernale : elle était celle de la mort. Les Indiens l'appelaient parfois la lune du loup car, à cette époque glacée de l'année alors que la terre attendait le retour du printemps pour reprendre ses droits, les loups affamés rôdaient autour des villages en quête de nourriture.

Ce soir, au début d'une l'année toute neuve, mais dans cette désolation de fin du monde, un chien aboie avec insistance. Comment peut-on laisser un animal dehors par un froid pareil ? Ces jappements lancinants éveillent la bête en elle, une bête qui ne demande qu'à hurler. Son instinct de survie se révolte, s'agite, tape des mains et des pieds, tournoie en elle comme un derviche, accompagne les hurlements désespérés du chien. Exacerbée, la colère d'Alma traverse les cercles concentriques de la nuit pour rejoindre la désolation de l'animal, une fureur colossale l'exhorte à neutraliser son impuissance.

Sous la magie de cette lune des neiges, la jeune femme ouvre et referme les yeux. Ouvre et ferme, ouvre et ferme, ouvre et ferme les paupières au rythme de son respirateur.

Intra-muros, elle continue toujours de se balancer.

2

Février

Un si grand mensonge

ELLE

DEPUIS PLUS DE VINGT ANS, Aliéna était la maîtresse d'un homme marié. Si elle avait su préserver son âme dans ce scénario clandestin, il lui avait été impossible, pour autant, d'éviter les longues journées d'attente et les non moins longues périodes de solitude. Dès le début, Bernard avait joué franc jeu. Il lui avait révélé ne plus être épris de sa femme, rajoutant du même souffle qu'il l'aimait toujours et ne la quitterait jamais. Aliéna s'était donc engagée dans cette relation en toute connaissance de cause.

Entre eux, la chimie n'avait pas tardé à faire ses ravages, l'amour les avait entraînés de manière irrésistible vers des ciels plus bleus que nature et ce sentiment particulier d'être au cœur palpitant de la vie. De tous les humains, les amants ne sont-ils pas les plus vivants ? Un voluptueux chemin de traverse avait croisé leur destinée, et celle qui s'était naguère juré de ne jamais céder aux avances d'un homme marié avait renoncé à se poser trop de questions et succombé avec délices.

Cette aventure aurait dû survivre le temps que durent de telles fréquentations, deux à trois années tout au plus.

Mais après chaque tentative de rupture, les amants se retrouvaient de nouveau, incapables d'échapper à leur passion qui, décantée par l'absence, les consumait avec intensité et ranimait ce désir insatiable qu'ils éprouvaient l'un pour l'autre. L'aventure se transforma donc peu à peu en liaison puis, ironiquement, devint une sorte de mariage dont les paramètres connus créaient des ornières difficiles à quitter. Aliéna préféra être heureuse à temps partiel plutôt que seule et libre. Elle se disciplina, se dressa à vivre au conditionnel : s'il trouvait le temps, s'il pouvait se libérer, s'il en avait envie. Son bonheur était morcelé, fait de merveilleux moments, mais dans un espace sans continuité. Elle n'avait d'ailleurs jamais réellement su quel était son lopin de terre à elle dans la cartographie de sa vie à lui. En état de perpétuelle attente, elle s'accommoda pourtant de ce régime amaigrissant de l'amour, et c'est dans cette conjoncture, qu'une à une, les années passèrent, chacune posant sur l'autre sa brique d'immuabilité.

Tout faillit basculer lorsqu'elle était devenue enceinte. Elle voulut garder l'enfant. Déjà père de deux filles, Bernard comprit le besoin de maternité que ressentait sa maîtresse et respecta sa décision. Il reconnut cet enfant de l'amour, accepta de subvenir à ses besoins, mais ne révéla rien à sa femme. La naissance de leur fils ne gêna aucunement les amants qui continuèrent à se voir en catimini, mais avec une tendresse accrue.

Simon venait d'avoir treize ans. Pour lui, Bernard était l'amoureux de maman. Sa mère lui avait dit que son père était parti avant sa naissance. Enfant et amant s'entendaient bien et, même s'ils se voyaient de façon irrégulière, ils avaient développé une sorte de camaraderie complice. Les parents comptaient bien, un jour, lui dire la vérité, mais à chaque occasion propice, ils reportaient l'échéance.

Aliéna était consciente de ne pas former une famille idéale ni même normale, d'être sans doute la grande perdante de cet arrangement clandestin. Il faut se méfier des apparences et de leurs pièges. Tant d'histoires se brodent autour des maîtresses. Mais elles ont rarement le sort enviable ou démoniaque qu'on veut bien leur prêter. Se sacrifier de la sorte, n'était-ce pas se faire remplacer par qui savait se défendre ? Cette autre femme, la légitime, avait sur Aliéna l'avantage de vivre à découvert sans avoir les yeux rivés sur une montre omnipotente ; surtout, elle pouvait compter sur la présence de son mari à ses côtés. Il en allait différemment pour Aliéna, qui se faisait souvent violence. Si elle avait depuis longtemps cessé de se torturer, si son inconscient la protégeait des souffrances liées à l'absence de l'être aimé, une profonde tristesse ne la quittait jamais. Même que récemment, une sorte d'appréhension s'était glissée dans son existence et la gardait éveillée la nuit. Intuition ? Prémonition ?

○

LUI

Lorsque Bernard fit la connaissance d'Anna, cette femme-enfant qui avait tant besoin d'être protégée, il déploya tout son arsenal de séduction et l'épousa. Les premiers mois passés, l'élue de son cœur exhiba toutefois un je-ne-sais-quoi auquel il ne s'était pas attardé lors de sa quête amoureuse : une sorte de frilosité du plaisir, une anorexie des sens. L'attirance et la fascination qu'il avait éprouvées à son égard se heurtèrent à cet Autre en lui, cet Autre majuscule lui soufflant que le couple insécable qu'il venait de former était on ne peut plus regrettable. Dans un cruel instant de lucidité, il admit que la fameuse pantoufle de vair ne pouvait, dans son cas, s'adapter à une seule personne, en l'occurrence celle qu'il avait épousée. L'idéal princier est celui des contes. Personne n'ignore que la réalité danse autrement, et Bernard avait la ferme intention de ne pas faire tapisserie. Dès qu'il comprit cette vérité, il entreprit de chercher ailleurs.

Après sept années de vie commune et deux enfants, il endurait de plus en plus difficilement les reproches de sa femme. Comme elle avait le don de l'ennuyer avec ses continuelles interrogations !

– Tu penses à quoi ? Tu m'écoutes ? À quoi ressemble ta nouvelle assistante ? Quel a été le meilleur moment de la journée ? Tu m'aimes encore ?

Par-dessus tout, le sexe ne l'intéressait pas vraiment. Elle se prêtait à l'exercice pour lui faire plaisir, mais semblait n'y trouver aucune jouissance. Il se mit alors à rêver d'une vraie femme, adulte et passionnée.

Pourquoi et comment résister lorsque le désir d'aimer est si fort, la vie si courte et que chaque orgasme partagé confère le sentiment d'avoir saisi un brin de plus à son identité, arraché une miette d'éternité ? Bernard fit quelques rencontres sans lendemain, puis Aliéna attira son attention à l'occasion d'un party de bureau. Il aima sa force, son grain de folie, sa joie de vivre et son indépendance. Le désir qu'elle éprouvait à son égard lui donna des ailes.

Dès le départ, l'amant fut clair : non, il n'allait pas quitter sa femme ! Il remercia le ciel que sa maîtresse soit aussi compréhensive et, pendant les premières années, il se félicita de la tournure des événements. Mais sa perspective commença à changer avec l'arrivée de Simon. Bernard aurait aimé qu'à ce moment particulier de leur liaison, Aliéna lui demandât de choisir. Peut-être aurait-il accepté de faire basculer sa vie vers celle qui était devenue beaucoup plus que l'objet d'une simple attirance physique. Or, elle n'en fit rien. Bernard continua donc son existence compartimentée et n'eut pas à choisir entre ses femmes. De toute manière, préférer l'une n'équivalait-il pas à se priver de l'autre ?

Jamais il ne songea à révéler cette liaison à son épouse. Pourquoi dire la vérité et pour le bénéfice de qui ? Comment prétendre dire « toute » la vérité dans le but de chercher une solution si l'on cache la partie qui fait le plus mal ? Car, à moins d'être cruel, on déforme forcément les événements pour ne pas aggraver le chagrin dont on est la cause. La vérité ne s'en trouve-t-elle pas truquée, truffée de bonnes intentions ou d'accusations excessives ? Pourquoi aurait-il troublé la quiétude d'une femme qu'il ne voulait pas quitter ?

Par la force des choses et pendant vingt ans, Bernard aima donc deux femmes. Si l'une le savait et l'acceptait, l'autre ignorait tout du scénario dans lequel on lui avait imposé un rôle qu'elle n'aurait sans doute pas aimé vouloir jouer. Quant à lui, il payait le prix de cet arrangement par une culpabilité qui ne le quittait que rarement. Il était conscient de tromper son épouse en menant une double vie dont elle ignorait l'existence, tout en exploitant une maîtresse qui méritait mieux que des présences inopinées et sporadiques. Bernard ne se donna jamais une totale absolution, mais il apprit à vivre avec les fluctuations de sa conscience.

Au cours des années, il craignit parfois d'être découvert ; mais comme aucune catastrophe ne se produisit, il en conclut que les choses continueraient ainsi. Toutefois, depuis quelques mois, des fissures étaient apparues et lézardaient insidieusement son assurance. La place qu'occupaient dans son existence l'omis, le passager, le convenu et l'interdit avaient rongé sa prestance. Il doutait de lui et se sentait à bout de souffle.

○

L'ENFANT

Par une fin d'après-midi de février, Simon arrive en trombe à la maison. Hors d'haleine, il lit le message que sa mère a laissé à son intention sur la table de cuisine ; elle est à son cours de yoga, reviendra vers dix-neuf heures et lui demande de mettre au four, trente minutes avant son retour, la casserole préparée pour le souper. Simon est déçu. Il aurait tant voulu lui annoncer tout de suite la nouvelle : le collège organise un voyage à New York et il a décidé d'en faire partie. Comme elle l'a toujours encouragé dans ses projets, il sait pouvoir compter sur son approbation. Deux de ses meilleurs amis seront de l'excursion et le trio se promet une aventure inoubliable.

Dans son impatience, l'enfant sort de son sac à dos les formulaires d'inscription, l'horaire du séjour et la liste de ce dont il va avoir besoin. Il lui faut un passeport, mais il a déjà le sien et décide d'aller le chercher dans le classeur de sa mère. Il sait qu'Aliéna n'aime pas qu'on fouille dans ses affaires et, de son côté, il ne désire certainement pas qu'elle mette le nez dans sa chambre, mais il veut le document tout de suite.

Il entre dans le bureau d'Aliéna, va directement vers le classeur dont il ouvre le premier tiroir qu'il referme presque aussitôt ; s'y trouvent des dossiers de travail : plans de cours, programmes pédagogiques, emplois du temps, etc. Le deuxième contient des factures payées, des garanties concernant la maison, des dépenses de voyages. Lorsqu'il ouvre le tiroir du bas, il sait qu'il va trouver là ce qu'il cherche. Il y découvre ses bulletins, d'innombrables dessins qu'il a faits quand il était petit, des cartes d'anniversaire, toute une paperasse que sa mère a soigneusement gardée en souvenir. Il se sent flatté qu'elle ait conservé autant de reliques de son enfance.

À l'arrière, deux chemises, l'une portant le nom d'Aliéna et l'autre le sien, lui confirment qu'il vient de trouver ce qu'il cherche. Il sort celle à son nom, l'ouvre et aperçoit tout de suite son passeport. Il s'apprête à refermer le dossier mais, poussé par la curiosité, il continue son exploration, repère ses carnets de vaccination, des certificats de piano ou de karaté, une mèche de ses cheveux de bébé. C'est alors que son acte de naissance, qu'il n'a jamais vu, attire son attention. Il le regarde et, sous le choc, retient sa respiration. À côté du nom du père est écrit : Bernard Racine. Non, ça ne peut pas être le Bernard Racine de maman, elle le lui aurait dit, c'est sûr. Pourtant, la possibilité d'un autre Bernard Racine est trop farfelue. Il doit se rendre à l'évidence : on lui a caché la vérité. Son père, tant de fois imaginé et dont il a tellement rêvé, se trouvait là pendant toutes ces années sans juger bon de se faire connaître.

Il a le sentiment que son identité se décompose. On l'a enfermé dans un secret d'une telle ampleur qu'il a envie de vomir. Il laisse tomber son passeport et sort du bureau avec son acte de naissance. Heureusement que sa mère est absente, car il aurait été incapable de trouver les mots pour lui demander des comptes. Anéanti, il cherche le numéro de téléphone de Bernard dans le carnet d'Aliéna, repérant aussi l'adresse de son domicile. Il sait que

Bernard est marié, sa mère le lui a dit récemment lorsqu'il lui a demandé pourquoi il ne venait jamais les fins de semaine, à Noël ou pendant leurs vacances. Submergé par un violent ressentiment, il prend alors conscience que d'autres enfants, des demi-frères ou demi-sœurs, vivent peut-être aux côtés d'un père dont ils connaissent l'existence, alors que lui…

Simon prend de l'argent dans un tiroir de la cuisine. Sa mère en laisse toujours en cas d'urgence. Pour la première fois de sa vie, il appelle un taxi et se fait conduire à l'adresse du carnet. Les rues sont encombrées, les gens rentrent à la maison après leur journée de travail. Le ciel est clair, mais la lumière du jour baisse vite à ce moment de l'année. Pendant le trajet, il ressuscite des bribes de souvenirs où apparaît ce père qui ne s'est jamais révélé au grand jour. Un profond dégoût le bouleverse. Il est devenu l'enfant de l'ombre et de la honte, l'enfant de la « faute ». Il est né d'une infidélité et on lui a fait payer le prix d'un secret dont il n'est pas responsable. Furieux, il ressent le besoin de crier son existence.

Arrivé à destination, il paye la note, sort du taxi et reste quelques minutes devant la maison… de qui exactement ? Que va-t-il y trouver ? Tremblant, mais déterminé, il se dirige vers la porte d'entrée et sonne. Rien. Peut-être n'y a-t-il personne ? Il sonne de nouveau, aperçoit une ombre se profiler derrière le rideau, entend des pas derrière la porte, puis le déclic de la serrure.

Une femme blonde, de l'âge de sa mère, lui sourit et lui demande s'il est là pour Clarisse. Il ignore qui est Clarisse, il ne connaît pas de Clarisse. Il tend son acte de naissance à la femme et lui dit d'une voix qu'il a bien du mal à contrôler :

– Je veux voir mon père.

Interloquée, la femme prend le document, le regarde, puis lève lentement les yeux. Son visage a pâli.

– Je veux voir mon père, répète Simon.

Bernard passe à ce moment-là dans le couloir et comprend tout de suite que la scène qui se joue sous ses yeux est celle qu'il a tant de fois appréhendée. En voyant son père, Simon se met à pleurer.

– Pourquoi vous m'avez tout caché ? Pourquoi j'ai rien su ?

Le regard pétrifié, la femme blonde se tourne vers son mari et, muette, lui pose la même question. Bernard s'avance d'abord vers elle, puis va vers l'enfant. Ce dernier ne pense plus qu'à s'enfuir. Il étouffe, il pleure, il ne veut plus que cet homme s'approche de lui.

– J'te déteste, crie-t-il.

Aveuglé par son chagrin, il part en courant et traverse la rue. Le camion des éboueurs passe devant la maison au même moment. Simon est projeté dans les airs.

Bernard se penche sur son fils, étendu dans la neige grise de la rue. Un filet de sang s'échappe de sa bouche.

– Simon, écoute-moi, je vais t'expliquer. Non Simon, ne pars pas comme ça, regarde-moi.

L'enfant tourne la tête.

– Simon, écoute-moi, non, t'en va pas. Je suis là, je vais m'occuper de toi, je t'aime. Non, Simon, non !

Les yeux bleus de l'enfant interrogent ceux du père. L'adolescent ne gémit pas, ne râle pas, mais très vite ses forces l'abandonnent. Il n'entend plus, comme si la membrane de son âme se dissolvait pour mieux lui permettre de s'envoler. Une larme coule de son œil droit, une seule : *lacrima mortis,* celle de la mort. Larme ultime d'amour pour ce père qui, jusqu'à aujourd'hui, s'est dissimulé derrière les apparences, refusant de révéler son vrai visage. La poitrine de Simon se soulève une dernière fois et c'est ainsi que, les yeux ouverts, il traverse la lisière de la vie dans les bras de celui qu'il a tant rêvé de connaître.

○

Tel un juge impitoyable, la lune se lève dans un ciel violacé. Pleine lune de février, celle des tempêtes, de la faim et des trappeurs. Le vent se terre sous le linceul de la neige, les personnages du drame semblent paralysés dans leurs rôles de figurants.

Lentement, l'astre froid continue de gravir le mur de l'horizon et le ciel passe de l'indigo au noir. Des milliers d'étoiles se métamorphosent en comptables jalouses et pointilleuses. La scène est d'un calme troublant. Silence funeste, accalmie avant la tempête.

Tel un ricochet de la vérité sur le non-dit, l'astre sélène révèle l'un de ses visages, tout en cachant l'autre dans l'obscurité la plus totale. Mystérieuse et impitoyable, sa lumière dessille les yeux, expose les personnages, lève le voile sur leur si grand mensonge.

Une première version de la nouvelle « Un si grand mensonge » est déjà parue dans la revue *Virage* n° 51, Printemps 2010, sous le titre « À cœur battant ».

3

Mars

Un cœur d'hélium

STELLA émerge de son cauchemar en gémissant. Les draps lui collent à la peau et son cœur bat si vite qu'elle peine à retrouver son souffle. Elle vient d'éliminer ses ennemis à coup de fourche. Récurrent, ce mauvais rêve la laisse au bord des larmes. Autant ses journées lui obéissent au doigt et à l'œil, autant ses nuits sont torturées, peuplées d'êtres violents dont il lui faut se délester pour survivre. En arrière-plan, unique témoin, justicier inatteignable, son *ex* est là avec un sourire mauvais au coin des lèvres. Hautain, méprisant, il la condamne, lui tourne le dos, la quitte à nouveau. Invariablement, la reviviscence de ce souvenir déclenche chez elle le même sentiment d'abandon et d'impuissance.

La femme qu'elle est devenue refuse maintenant de se regarder dans le miroir. Pour y voir quoi ? Détresse ? Déni ? De toutes ses forces, elle récuse son divorce, n'a rien apprivoisé de sa nouvelle vie, ne peut accepter l'odieux d'une rupture après quarante-quatre ans de mariage. Le passé à jamais décomposé hante ses nuits, le présent plus qu'imparfait accentue sa colère. Quant au futur, les cauchemars sont là pour lui prouver qu'elle tourne en rond. Peut-être servent-ils d'exutoires, sans doute sont-ils une forme d'amer médicament pour l'autoriser à continuer sa vie et à passer à autre chose. Mais à quoi ? Si seulement elle pouvait se délester de cette chape de lassitude qui pèse sur ses épaules, ce serait déjà beaucoup, mais elle n'arrive tout simplement pas à tourner la page et à retrouver son équilibre.

Derrière la vitre de l'immense fenêtre de sa chambre, le profil noir d'une épinette bleue indique que la nuit est encore jeune. Pourtant, le sommeil l'a quittée pour de bon. D'expérience, elle sait qu'elle ne se rendormira plus. Résignée, elle allume la lampe de chevet, se lève, s'habille, puis décide de mettre à exécution un projet qui la taraude depuis des semaines. Oui, elle a besoin de faire le ménage : établir de nouvelles priorités pour savoir où elle en est et, surtout, où elle s'en va.

Elle met la cafetière en marche, se dirige ensuite vers le salon pour y allumer un feu. Stella a toujours adoré faire du feu : le préparer, l'attiser, l'entretenir, s'y réchauffer. Le surveiller aussi. Le feu est un élément dangereux, incontrôlable, qui peut tout détruire sur son passage. N'est-il pas aussi réputé pour brûler ce qui est impur ou corrompu ? N'est-il pas à la fois illumination et destruction, céleste et souterrain, le prolongement igné du soleil ? Toute petite, son grand-père lui avait appris que l'humain était le seul être de la création capable d'allumer un feu, que ce pouvoir exclusif lui donnait un ascendant terrifiant sur la nature et sur tous les animaux de la planète.

Lorsque le bois crépite de contentement, elle descend au sous-sol chercher les photos, les lettres, toutes ces preuves tangibles d'un passé précieusement conservé, témoignages à jamais jaunis d'une mémoire si souvent infidèle. Profitant de la noirceur de cette nuit blanche, elle projette sur un mur du salon les diapositives qu'elle a accumulées au fil des ans, ces centaines de photos translucides et colorées qui racontent son histoire. Elle visionne la naissance des enfants, les anniversaires célébrés en famille, les voyages aux quatre coins du monde. Lorsque le carrousel a fait son tour, elle en jette le contenu au feu et passe au suivant.

Stella se demande comment cette femme, qui vieillit imperceptiblement d'un carrousel à l'autre, a pu faire preuve de tant d'énergie. A-t-elle vraiment vécu tout ce qu'elle voit à l'écran ? Besoins à combler, bouches à nourrir, maladies à guérir, chagrins à alléger, fêtes à préparer, harmonie à insuffler. Son histoire la fascine, la renverse. Comment peut-elle aujourd'hui trouver matière à se blâmer ? Y a-t-il vraiment quelqu'un à incriminer ou à punir dans cette séparation qu'elle ressent comme un échec ? À quoi cela sert-il de chercher un coupable ? Naïvement, elle a cru au privilège de vieillir auprès de celui avec qui elle a fondé sa famille, avec qui elle a tant partagé. Or, la vie en a décidé autrement. C'est tout. Pourquoi tant de souffrance ? La perte d'un amour seraitelle plus grande que l'amour ne l'a été ?

Elle retourne se faire du café et poursuit son visionnement. Soudain elle s'arrête, interdite, regarde de plus près, sort d'autres albums, examine les photos avec attention. Sur chacun des clichés, elle décèle une présence qu'elle n'avait pas remarquée auparavant : à contre-jour de chaque célébration, au milieu des activités en famille, sur les prises de vues les plus anodines, un protagoniste est aux aguets et la regarde droit dans les yeux. Toujours le même, ce personnage illumine les visages mieux que n'importe quel flash pourrait le faire, insuffle à chacun une chaleur qui avive les couleurs du passé. Cette présence discrète est celle du bonheur, son *p'tit bonheur* à elle qui lui confirme l'authenticité de ces moments qu'elle revit maintenant sur le mur opaque de sa nuit blanche. Non, elle n'a rien inventé. Tout ce qu'elle visionne a réellement existé. Pour plus de certitude, elle scrute d'autres photographies. Oui, c'est bien là le bonheur. Pourtant, elle doit se rendre à l'évidence : au fur et à mesure des années qui passent et des images qui se suivent, la lumière s'atténue, s'étiole, prend moins de place entre les figurants. Peu à peu, le bonheur s'apprête à partir sans qu'elle s'en aperçoive. Peut-être même a-t-elle refusé délibérément d'en prendre conscience, elle ne s'en souvient plus.

Impuissante à sauvegarder ce qui ne se rachète pas, les larmes aux yeux et le cœur gros, Stella brûle tout. Du fond de la dernière boîte, elle ressort avec émotion les lettres de cet homme qu'elle a aimé et qui l'a aimée aussi ; des lettres passionnées, touchantes de promesses, écrites quand on croit que la vie se pliera à tous nos caprices. Cette survivance de mots d'amour est plus difficile à brûler, tout comme le journal qu'elle a rédigé tout au long de leur vie commune. Elle ferme alors les yeux, inspire profondément, hésite un instant, puis lettres et journaux intimes rejoignent diapositives et photos dans le brasier de sa vie. Le feu crépite, siffle sa colère, alors qu'elle ressent un grand soulagement. Elle a le sentiment d'avoir pu enfin aérer sa mémoire, à la manière d'une nappe qu'on secoue pour en faire tomber les miettes d'un repas.

Longtemps, les braises tremblent et scintillent. Stella ne regrette pas son geste. Non, elle n'a pas réellement détruit ses souvenirs, elle les a simplement posés dans l'écrin de son cœur, là où ils ne jauniront jamais. Cette impulsion incendiaire l'a libérée, exonérée, régénérée.

Ravageur, le feu a balayé son ressentiment, il a purifié son âme, à nouveau prête à être ensemencée.

○

Le jour continue d'effacer la nuit. Un impérieux besoin de respirer à l'air libre pousse Stella à chausser ses bottes, à enfiler son manteau, à ouvrir la porte pour s'immiscer dans le paysage. Autour de la maison, les branches craquent et le vent souffle. Quel bonheur d'être en vie à l'aube, cette heure avant l'heure, de pouvoir délaisser le grand chaos, sentir le monde s'éveiller, percevoir les bruits du jour qui va bientôt se lever, le piaillement à peine audible des oiseaux qui s'animent dans les arbres ! Ce domaine est son coin de terre, l'enclave où elle veut vieillir. Elle y a nourri le sol de la même manière qu'elle a élevé ses enfants : avec amour. Elle y adhère comme un plongeur en apnée embrasse le silence. Petite et fragile, ici même et en cet instant, elle a sa place dans l'univers. Même à son âge. Surtout à son âge.

○

À l'horizon, la pleine lune s'estompe à mesure que le ciel s'éclaire. Magnifique lune de mars, celle que les Algonquins surnommaient lune des corneilles ou encore celle des vers. En effet, la nature se réchauffant, les vers de terre refaisaient alors leur apparition à la surface du sol pour nourrir les merles revenus de leur migration. Plus au nord, d'autres tribus l'appelaient la lune de sève en référence à cette période de l'année où le suc éclate au cœur des arbres, libère la magique récolte de l'eau d'érable. Cette lune de mars n'est-elle pas aussi la dernière de la saison froide ?

Un immense cortège de souvenirs et de fantômes chevauche les ténèbres. Les âmes errantes, égarées entre deux mondes, regagnent leur empyrée, les humains s'extirpent de leurs cauchemars, noirceur et luminosité tendent à s'équilibrer, les crocus vont bientôt percer la croûte terrestre. En cette conjoncture, la nature est pur potentiel, fébrile d'attente et de renouveau.

Telle Diane, déesse de la lumière en marge de deux univers ordonnant le passage d'un monde à l'autre, Stella se déleste de son ressentiment. Elle peut enfin aller de l'avant. Sur son visage, comme dans chacune de ses articulations, les années livrent leur combat, mais son cœur est rempli d'espoir. Propulsée dans cette période de renaissance par la sève même de la vie, elle se glisse dans son épilogue avec l'intention de profiter au maximum du temps qui lui reste à vivre.

Elle ignore que cette saison sera sa dernière.

4

Avril

Un amour de coccinelle

FERNAND traversa l'écorce du Monde par une nuit froide d'automne. Il arrêta de respirer, son cœur se tut, le souffle de sa vie le quitta. La coulée du Temps s'arrêta de concert avec la sève de son sang. À regret mais en paix, il rejoignit l'Éternité. Sa compagne se pencha sur lui :

– Fernand, m'entends-tu ?

– ...

– Fernand ?

– ...

L'usure et la maladie venaient d'épuiser la résistance phénoménale de cet homme, dévorant à tout jamais chacune des parcelles de son énergie. Lui qui avait tant lutté, repoussant les frontières de sa mort avec énergie, s'inclinait maintenant devant la grande faucheuse. Il retournait à la source, devenait le courant de son propre écoulement vers le trépas, tel que déterminé par les lois de la nature.

À ce moment précis, les repères qui marquaient jusque-là son existence se dissipèrent. Ni temps ni espace ne purent mesurer l'Absolu dans lequel son esprit se glissa, ni saisons bien sûr. Le vent, l'eau, le feu et la terre se retrouvèrent en lui, et sa souffrance disparut. Mais au moment du départ, une ultime inquiétude le tourmenta. Dépouillé de son enveloppe charnelle, comment pourrait-il continuer de veiller sur ceux qu'il aimait ? Son corps s'insurgea, il hésita, puis rendit l'âme en se disant que son esprit prendrait la relève. Autrement. Il quitta sa condition de mortel en état de grâce pour accéder à un Au-delà auquel il croyait.

Pour les parents et les amis se substitua la cruelle froideur de l'absence.

Lorsqu'elle apprit la nouvelle, son amie Maria, qui pourtant s'y attendait, retint son souffle et ferma les yeux. Puis, elle s'enquit des derniers moments de cet être à qui elle avait été profondément attachée.

– C'est arrivé quand ?

– Hier soir, à vingt et une heures vingt. Depuis deux jours, il était beaucoup moins conscient, mais je ne pensais pas que la fin surviendrait si vite.

– Tu étais avec lui ?

– Oui, j'étais allongée sur son lit, à ses côtés, je lui tenais la main. Le téléphone a sonné. C'était sa fille. Il est mort pendant que je lui parlais. Son souffle s'est tout simplement arrêté.

– Le connaissant, il a probablement choisi ce moment-là pour se laisser aller, la conscience tranquille, entouré de ses deux femmes !

– C'est une pensée réconfortante. J'te remercie de me dire ça.

– Tu le répéteras à sa fille ?

– Oui.

Maria raccrocha.

Désorientée, elle se sentit prisonnière non seulement de sa maison, mais aussi d'un ailleurs qui lui échappait. Elle endossa un vieil anorak pour sortir se réfugier dans le jardin.

À l'instar de Fernand, la terre venait de s'endormir. Sauf que cette dernière ressuscitait à tous les printemps, alors que Fernand, lui, ne se réveillerait jamais plus. Elle inspira profondément, expira lentement une détresse qui dérapa sur le sol gelé. Son regard s'accrocha aux branches dénudées. Elle frissonna : la mort venait encore de se rapprocher, la mort était là qui guettait, qui comptait. Chaque fois que la camarde s'emparait d'un être cher, elle devenait de moins en moins abstraite, quasi à portée de la main.

Pour contrer sa peine autant que son angoisse, Maria entreprit de faire le tour du terrain, fouillant sa mémoire à la recherche de souvenirs. Elle se rappela l'arrivée de Fernand dans son équipe de service. Lui à mi-carrière, elle un peu plus jeune, ils avaient poursuivi leur travail dans l'enseignement pendant plus de quinze ans. Le professionnalisme dont il faisait preuve, sa bonne humeur, sa grande intégrité, une complicité naturelle avaient à jamais cimenté leurs rapports. Pendant toutes ces années et malgré leurs problèmes respectifs, ils avaient plus souvent ri que pleuré, puisant l'un chez l'autre soutien et réconfort. Lorsqu'il prit sa retraite et, plus tard, lorsqu'elle prit la sienne, ils avaient continué de vieillir dans la chaleur de leur tendre amitié.

Les deux amis partageaient la même passion pour le jardinage, s'extasiaient devant le potager de l'autre, couraient les pépinières, échangeaient des plants, des boutures, même des roches, essayaient de nouveaux cultivars, comparaient leurs découvertes en horticulture, discutaient du meilleur moment pour planter certaines espèces. Chaque année, elle adorait le scandaliser.

– Maria, t'as pas déjà planté tes tomates ?

– Ben oui. J'suis certaine que la terre est assez réchauffée.

– Mais voyons ! Les nuits sont trop froides, y risque encore d'avoir du gel.

– Fais-moi confiance, je sais ce que je fais.

– Deux semaines d'avance! rajoutait-il incrédule.

En contrepartie, c'est lui qui avait les plus beaux spécimens de basilic, de poivrons ou de roses trémières.

Maria s'arrêta devant un massif de vivaces et se pencha sur un plant de gingembre sauvage. Fernand le lui avait offert en septembre dernier, lorsqu'elle était allée le visiter. Elle avait poussé son fauteuil roulant d'une plate-bande à l'autre dans son domaine à lui, pendant que celui-ci parlait d'arbre à émonder, de massif à faire fleurir, de terre à engraisser. À brûle-pourpoint, elle avait osé lui demander :

– Fernand, penses-tu que tu vas vivre jusqu'au printemps prochain ?

– Non, Maria. Je ne pense pas.

Ils avaient continué leur promenade en silence dans une nature qui agissait sur eux comme un baume. En partant, cette journée-là, elle l'avait serré dans ses bras plus fort qu'à l'habitude. Les yeux embués, ils avaient pourtant retenu leurs larmes, et même réussi à se sourire.

○

Un appel lancinant jaillit de la terre survoltée et la sève des arbres ne sait plus où donner de la tête. Doux comme un amant attentif, le fond de l'air exhorte les vivants à sortir de leur torpeur pendant qu'un soleil exubérant sonne les trompettes de la résurrection. Telle une prière, l'invitation monte au ciel. Insistante, elle titille l'esprit de Fernand qui, jusqu'à maintenant, n'a pas eu matière à se plaindre de son séjour dans l'éternité. Mais voilà que, sur Terre, un premier printemps sans lui est en pleine ébullition. Ce sublime triomphe l'a toujours transporté, et le désir d'aller faire un tour, juste un tour, le tenaille comme une mauvaise pensée. Se peut-il que la tentation existe au Paradis ? Qui sait, même s'il n'a plus de corps, peut-être n'est-il pas tout à fait mort ?

L'envie de respirer la chair du monde prend de l'ampleur, et Fernand, qui est loin d'être une âme timide, décide de faire appel à sa bonne étoile.

Il existe des moments privilégiés où le temps se suspend. Pour Maria, l'arrivée fracassante du printemps québécois est un événement d'exception. Les carouges sont revenus, les merles d'Amérique ont commencé à faire leurs nids, la nature exhale une odeur qui ne trompe pas. Les pieds emmêlés aux racines, Maria hume les effluves émanant du sol et la terre danse en elle. À l'unisson des eaux libérées, de la sève qui coule dans les arbres, des brins d'herbe qui reverdissent, elle se laisse transporter par la frénésie de ces débordements, comme une femme avant l'amour.

C'est le mois d'avril, mais le printemps, cette année, a pris de l'avance. Aujourd'hui, la journée est si chaude qu'on a l'impression d'être en mai. Or, si la nature est précoce, Maria, pour sa part, se sent en retard. Il y a tant à faire ! Retourner la terre du potager, dégager les rosiers, épandre les cendres du foyer sur la pelouse, la déchaumer, ajouter compost et engrais dans les plates-bandes, étaler du paillis autour des arbres. Et puis, c'est malgré elle, son cœur bat vraiment plus vite au printemps, le sang coule dans ses veines en chantant. Quel bonheur !

Fernand, qui n'a enfreint aucune loi de son vivant, ne va tout de même pas commencer maintenant qu'il est mort ! Sans trop s'écarter du code qui régit le monde des esprits, il se dit toutefois que, moyennant certains compromis, l'honneur céleste n'en serait pas trop terni.

Bien sûr, il va se faire discret. Même s'il est invisible, il descendra sur terre à la nuit tombée et, sans prendre de risque, se faufilera incognito dans sa saison préférée. Quel bonheur !

○

Blanche, royale et plus belle que jamais, la pleine lune d'avril se lève à l'horizon dans un ciel clair et serein. La lune de l'Herbe, celle des semences ou de l'œuf confirme la résurrection, l'enclenchement d'un cycle nouveau. Maria se dit que cette appellation est encore plus pertinente cette année. Demain, c'est la fête de Pâques – Easter – dont le nom est issu du mot Eostre, divinité païenne du printemps et de la fertilité. L'œuf n'est-il pas un attribut privilégié de cette période qui marque l'éclosion de la nature et le retour à la vie ?

Fernand retrouve son jardin et se dit qu'il n'aurait pu mieux choisir sa soirée : la pleine lune brille de tous ses feux. Grâce à cette lumière opaline, il admire la dentelle des arbres, le bassin des carpes, l'enclos du potager, le chemin du sous-bois, même la piscine. Par la fenêtre, il aperçoit sa compagne en train de lire. Comme il aurait envie d'aller la prendre dans ses bras, mais il sait que ce n'est pas possible. Des bras, il n'en a plus. Au même moment, elle lève la tête, se rapproche de la fenêtre, regarde la lune avec nostalgie. Fernand sait qu'elle pense à lui.

Les rituels aident Maria à bannir peurs et tristesse. Salutaires pour son équilibre, ils l'encouragent à profiter de la vie. Les soirs de pleine lune, lorsque le ciel est clair, elle hurle comme une louve son mal de vivre. Au diable les voisins qui l'entendent et considèrent qu'elle n'a plus toute sa tête. La force évocatrice de ce hurlement lui donne l'impression d'être en contact avec les mystères de l'univers et de s'unir aux forces exubérantes de la nature.

Avant de s'en retourner, Fernand décide de s'arrêter chez Maria. Il la repère dans son jardin, hurlant à la lune sa complainte de mortelle. Il sourit et, sans bruit, s'approche d'elle.

Maria sursaute. Elle sent une présence, se retourne, regarde autour d'elle, mais ne voit personne.
– Fernand es-tu là ?

Fernand s'est trop rapproché et recule un peu.
– Je suis là Maria, mais tu ne peux ni m'apercevoir ni m'entendre. Je constate que tu t'es vraiment surpassée cette année, tu as planté tes tomates trois semaines à l'avance ! Je trouve que tu exagères.

– Fernand, si c'est toi, je sais que tu vas me dire que j'ai planté mes tomates trop tôt. Pour une fois, tu n'as peut-être pas tort. C'est soir de pleine lune et on annonce du gel pour la nuit.

– Tu aurais dû te souvenir, voyons. « En avril, ne te découvre pas d'un fil… ». Et toi, tu plantes des tomates ! Arrose-les, au moins, ça va peut-être les protéger de la gelée matinale.

– Je vais les arroser. C'est ce que tu me conseillerais de faire, si tu étais encore là.

Maria se tait. La voilà qui parle à un mort maintenant! Heureusement que les voisins ne peuvent pas l'entendre. Déjà qu'ils la trouvent un peu bizarre avec ses hurlements... Elle regarde autour d'elle. Non, il n'y a personne. Pas de Fernand. Encore une fois, son imagination lui joue des tours. Pourtant, elle aimerait bien que son ami descende sur terre et lui rende visite. Non, elle n'a pas peur des morts. Au contraire, elle adorerait même communiquer avec certains d'entre eux.

Bon assez de sottises! Elle sort le boyau, arrose ses plants de tomates, regarde la lune une dernière fois, puis rentre à la maison.

Il l'a échappé belle! Maria a toujours eu un sixième sens, il aurait dû s'en souvenir. Pourtant, avant de repartir, il ne peut résister à l'idée de laisser des traces de son passage. Puis, sa mission accomplie, il respire une dernière fois les effluves du printemps: la vie sur Terre est peut-être temporelle et temporaire, mais que de beaux souvenirs il en a gardés!

Content de son voyage, ravi de l'effet qu'il ne manquera pas de provoquer, Fernand retraverse les arcanes de l'Éther pour retourner dans son immémorial jardin cosmique.

○

Il est tôt, en ce matin de Pâques. Maria va s'assurer que le gel n'a pas fait souffrir ses plants de tomates. Or, non seulement aucune des plantes n'a souffert d'une température frôlant zéro, mais elles sont resplendissantes de santé. Certaines exhibent même déjà de petites fleurs jaunes! De surcroît, dans la plate-bande de vivaces, celle qui borde les rosiers, des œufs de coccinelles, reconnaissables à leur couleur orange, se préparent à éclore. Des bêtes à bon Dieu plein son jardin ! Des dizaines et des dizaines de larves commenceront bientôt leur chasse aux pucerons et, grâce à cet « insecticide » naturel à six pattes possédant un appétit d'ogre, son potager et ses rosiers seront resplendissants de santé.

Maria regarde autour d'elle. Personne. Mais elle n'est pas dupe et ne peut s'empêcher de sourire. Fernand ? Et pourquoi pas ?

5

Mai

Un brin de nostalgie

La naissance de son premier enfant avait inscrit Félix dans la lignée des pères. Sa fille était un gage de continuité, elle le prolongeait hors de lui et, d'une certaine manière, l'assurait qu'il ne serait jamais plus vraiment seul. L'arrivée des jumeaux, deux années plus tard, déplaça définitivement le centre du monde vers la nouvelle génération. Une autre boucle s'était formée, ajoutant son maillon à la grande chaîne des humains.

L'avènement de sa progéniture conduisit Félix à revisiter sa propre enfance. Des souvenirs refirent surface, des sensations oubliées : le parfum de sa mère lorsqu'elle le consolait, la voix de son père lui chantant des airs de son cru, l'exubérance et le fumet des repas pris en famille, la chaleur du sable au bord de la mer pendant les vacances d'été aux *États*, l'excitation de la rentrée scolaire, l'odeur des cahiers… Sa mémoire n'en finissait plus de dénicher des trésors enterrés depuis des décennies, de les revisiter avec des yeux neufs et un plaisir renouvelé. Tel un mouvement de balancier, la vie oscillait du présent au passé pour finalement revenir au présent, son enfance à lui n'étant jamais loin, prête à ressurgir et à donner un caractère bidimensionnel au quotidien.

À son tour parent, Félix retrouva des images d'une vie antérieure. Perdue dans sa mémoire, la tranquille insouciance de l'enfant qu'il avait été refit surface. Avec chacun de ses petits, il réapprit ainsi à marcher, à rire ou à pleurer, s'émerveilla de la magie de Noël à travers leurs yeux, se fit complice de la fée des dents, redécouvrit le bonheur de nager, la liberté d'aller à bicyclette et, plus tard, l'immense fierté d'avoir son permis de conduire. De plus, comme il le vivait à son tour, Félix apprécia à sa juste valeur l'amour inconditionnel dont il avait été l'objet. Il ressentit pour ses parents une grande tendresse, et les ressuscita dans son souvenir.

Bon vivant, son père n'avait jamais raté l'occasion de blaguer, de savourer ce que l'existence avait de grandiose à lui offrir : Victor Hugo, Mozart, les fleurs, la bonne nourriture et, bien sûr, la famille. Ses affaires l'entraînaient la plupart du temps dans des feuilletons rocambolesques qui avaient la fâcheuse tendance à mal se terminer, mais ces mésaventures alimentaient la montagne d'anecdotes racontées et enjolivées ensuite par sa descendance autour d'un bon repas.

Plus calme, mais non moins efficace, sa mère avait été complice des grands événements de l'existence de son fils, comme des petites choses du quotidien. « Ça va aller », lui avait-elle dit lorsqu'il était tombé de sa bicyclette et s'était fracturé le poignet ; « ça va aller », l'avait-elle rassuré à la mort de son chien, alors qu'il était si sûr que sa peine ne s'en irait jamais ; « ça va aller », lui avait-elle répété quand il avait dû redoubler une année d'école ; « ça va aller », lui avait-elle affirmé à sa première peine d'amour. Chaque encouragement qu'elle lui prodiguait était accompagné de ses bras qui l'enserraient pour mieux le réconforter. Oui, elle était l'adulte qui, par sa chaleur et sa voix rassurante, lui promettait que tout allait bien se passer. Elle croyait en lui de toutes ses fibres maternelles. Cette sécurité et cette confiance avaient fait de lui l'homme solide qu'il était devenu.

Félix avait été anéanti par la mort de son père, puis par celle de sa mère survenue à six mois d'intervalle. Ce n'était pas uniquement l'homme adulte qui perdait ses parents, mais l'enfant qu'il était encore à leurs yeux. Pour la première fois et pour le reste de sa vie, il ne serait plus l'enfant de personne. Sans eux, il se retrouvait à nouveau petit, démuni, sans défense. Il n'y a pas d'âge pour se sentir orphelin. Sans compter que, désormais, il n'y avait plus de génération tampon entre lui et la mort. Sur le tremplin de la vie, il serait le prochain à devoir sauter.

○

Arlette, une amie qu'il avait connue avec sa femme lors d'un séjour en Afrique, les invita cette année-là chez elle à Paris. Félix avait subi un triple pontage au début de l'hiver et n'avait pas encore repris le travail. Paris, au printemps, le séduisait. Mia regrettait de ne pas faire partie du voyage, celui-ci coïncidant avec la session d'examens de ses étudiants. Mais elle l'encouragea vivement à partir.

– Cela te fera le plus grand bien, avait-elle affirmé.

Avec la bénédiction de sa femme, il s'était donc envolé pour la Ville Lumière à la mi-avril. Pendant les deux premières semaines, il avait arpenté les rues de Montmartre et de Saint-Germain-des-Prés, remonté les Champs-Élysées, flâné au Vert-Galant ou à la terrasse des cafés. En compagnie d'Arlette, il avait visité les musées, écouté des concerts dans de vieilles églises, entendu un opéra à la Bastille, apprécié la voix d'Anouk Aimée au Petit Théâtre de la rue Blanche. De toute évidence, ses promenades à pied dans Paris lui remontaient le moral et requinquaient son cœur fraîchement rafistolé. Lui, qui avait eu si peur de mourir avant son opération, se sentait maintenant ragaillardi.

○

La cueillette du muguet le jour du 1er mai est, en France, un rituel incontournable. Cette tradition, qui remonte à la Renaissance, veut que quiconque en offre ce jour-là connaisse santé et bonheur pour le restant de l'année. Si le muguet est une plante toxique qui peut même être mortelle, elle devient au printemps symbole de vie et source d'émerveillement.

Comme la journée s'annonce magnifique, les deux amis ont décidé d'aller faire leur cueillette en dehors de Paris. Tout en conduisant, Arlette se remémore leur séjour en Afrique.

– Tu te souviens de la fois où nous sommes allés voir Mia en pleine saison des pluies ?

– Comment l'oublier ? La voiture s'était enlisée dans la boue, il a fallu la dégager à trois reprises. Sans compter que juste avant d'arriver, la route avait été inondée…

– On a été obligés de traverser à pied et je me rappelle que tu étais terrifié à l'idée d'attraper une bilharziose…

– Ben là ! Les autorités nous avaient expressément dit de ne pas marcher pieds nus dans les rizières à cause de ce foutu parasite.

– Voyons Félix, tu as toujours été un peu hypocondriaque. Tu avais peur de tout attraper. Avoue qu'en deux ans d'Afrique, tu n'as pas été malade une seule fois.

Arlette exagère, mais il la laisse dire. D'autant plus qu'elle vient justement de prendre la sortie Pontault-Combault, à vingt kilomètres de Paris, le village où ils ont prévu de s'arrêter. « Tu parles d'un nom, pense Félix. Ça prend bien des Français pour inventer des appellations semblables ! »

○

Au bois de Célie, le muguet se cache le nez dans l'humidité du mois de mai, et la chaleur des dernières semaines promet une cueillette abondante. Vélos, piétons ou cavaliers parcourent les sentiers. Arlette et Félix pénètrent dans le sous-bois par un chemin de traverse. En quelques secondes, l'odeur de la terre les enivre. Leurs pas chuchotent au ras du sol, les arbres tamisent le soleil qui se faufile à travers les branches en longs faisceaux lumineux. Au pied d'un vieux chêne, une talle de clochettes blanches attire leur regard : le muguet est au rendez-vous !

Attentif à ne pas arracher la racine, Félix détache chacune des tiges dont le parfum lui rappelle sa mère. Le muguet était sa fleur préférée. Chaque année, sur sa propriété, à Gatineau, il ramassait un énorme bouquet, juste pour elle, l'enveloppait de papier mouillé, plaçait le trésor dans une boîte à souliers qu'il envoyait ensuite à Montréal par l'autobus Voyageur. Deux heures plus tard, son père récupérait l'envoi et rapportait la centaine de brins odorants à sa femme. Aux anges, celle-ci promenait ses fleurs dans toutes les pièces de la maison, soucieuse de ne rien perdre de leur parfum. Il sourit. Comme il aimerait qu'elle soit là aujourd'hui !

La cueillette terminée, les deux amis enserrent leur botte d'une ficelle de chanvre et enveloppent les tiges de papier mouillé. Contents de leur récolte, ils ressortent du sous-bois, partagent au soleil un pique-nique arrosé de bon vin, font la sieste une petite heure sous les arbres, puis reprennent la route vers Paris.

○

Dès son arrivée, Félix dépose les tiges dans un verre d'eau. Après le dîner, à l'heure de sa promenade habituelle, il décide d'apporter avec lui le bouquet. Peut-être pourra-t-il l'offrir à un passant solitaire rencontré sur son chemin. Il trouvera bien quelqu'un à qui le proposer.

La soirée est magnifique, le fond de l'air ni trop chaud ni trop froid. Les lumières de Paris font concurrence à la pleine lune de mai, et Félix se dirige vers le quai des Tuileries, emprunte la passerelle du pont des Arts, s'arrête en plein milieu. La Seine est à ses pieds. Autour de lui, le cœur de la ville palpite de toutes ses artères et la vue est imprenable. Malgré la lumière ambiante, la lune réussit à imposer sa mystérieuse présence. On se croirait au théâtre, tant le décor est magique et grandiose. L'astre assume sa fonction miroitante, reflète le vague à l'âme des humains sur l'eau qui scintille. La mythologie chinoise soutient qu'un lièvre y fabrique la liqueur de l'immortalité, alors que les Amérindiens l'appellent la lune fleurie ou celle du lait.

Un soupir proche du sanglot s'échappe de Félix devant tant de beauté. Autour de lui, les parapets grillagés supportent des cadenas accrochés là par des amoureux. Il y en a des centaines. Il en examine quelques-uns et s'apprête à rebrousser chemin lorsqu'une vieille femme lui adresse la parole.

– Ah, monsieur est allé cueillir du muguet ?

Bien mise, élégante malgré son dos voûté, celle-ci lui rappelle sa mère. Sous cette lumière opaline, la ressemblance est même à s'y méprendre. Des yeux pétillants de malice, un sourire enjôleur animent son visage étonnamment peu ridé.

– Oui, cet après-midi, avec une amie.

– Mais c'est un accent québécois que j'entends là !

– On ne peut rien vous cacher, répond Félix.

– C'est que je vais souvent dans votre pays.

– Ah oui ?

– Mon fils habite Montréal.

Attendrie, elle le regarde un moment avant de rajouter :

– D'ailleurs, vous me faites penser à lui. Vous êtes aussi beau !

– Et vous, madame, me faites penser à ma mère. Aussi élégante !

La dame rit de bon cœur. De toute évidence, le compliment l'a flattée. D'un geste spontané, Félix lui tend le bouquet.

– Vous permettez que je vous l'offre ?

Une main tremblante frôle celle de Félix. La vieille dame prend les fleurs, incline sur le bouquet sa tête bien coiffée

– Ça sent le printemps. Quel bonheur ! Merci, monsieur le Québécois. Je peux vous demander quel est votre prénom ?

– Je m'appelle Félix.

– Moi, c'est Éliane.

Au bord des larmes, elle se penche à nouveau sur son minuscule bouquet. Troublé, Félix lui demande :

– Éliane était aussi le prénom de ma mère… Vous permettez, madame, que je vous serre dans mes bras ?

Avec émotion, il enlace l'inconnue, l'embrasse sur la joue, respire son parfum. Ce dernier est le même que celui que sa mère portait!

– Vous savez, c'est comme si mon fils venait de m'offrir ce bouquet, lui confie la dame.

– Et moi, chère Éliane, c'est un peu comme si je l'avais offert à ma mère.

6

Juin

Chute libre

LA CHALEUR de juin, en ce début de matinée, n'est pas accablante. De gros nuages blancs fragmentent l'azur et, au bout de son mât, la manche à air bouge à peine. Le Cessna 180 quitte la piste dans un vrombissement libérateur. Le décollage est un moment privilégié, l'essor de la matière vers l'immensité du ciel. À bord de l'appareil, quatre parachutistes ressentent déjà leur première poussée d'adrénaline.

À part celui du pilote, tous les sièges ont été retirés, de même qu'une porte, pour donner plus d'espace aux parachutistes. Le ronronnement du moteur berce les passagers qui regardent la terre s'éloigner, disparaître par moments sous un nuage, resurgir plus loin dans la lumière d'une éclaircie, pour se dissimuler de nouveau quelques instants plus tard. Le plafond est bas et, dans les circonstances, Zaza se dit que ce sera plus facile d'atteindre son objectif. Elle adore traverser les nuages, infiltrer le cocon de cette blancheur opaque, ressortir en chute libre à plus de cent kilomètres à l'heure, vérifier sur son altimètre une hauteur qu'elle devine d'expérience. Le pilote dirige l'avion jusqu'au point de largage. Chacun des parachutistes est dans sa bulle, ce qui n'empêche pas l'équipe de planifier les manœuvres à venir.

Élisabeth, que la famille et les amis ont rebaptisée Zaza, s'apprête à exécuter aujourd'hui son cent quarantième saut. À dix-neuf ans, elle a déjà cumulé l'expérience d'une parachutiste chevronnée. Seule, en tandem ou en groupe, elle fait des démonstrations sur des pentes de ski, échange des baisers brûlants à cent kilomètres à l'heure, atterrit parfois, lorsque les vents s'en mêlent, sur le toit d'une maison, dans les arbres, en plein milieu de la piste de *go-kart* avoisinant l'aéroport, ou dans un champ de pommes de terre. En cette mi-juin de la fin des années soixante, elle est à ce jour la plus jeune parachutiste au Canada. Sourire en coin, elle se souvient de la bataille mémorable qu'elle a dû livrer pour réaliser son rêve.

○

La télésérie *Les Hommes volants*, qu'elle avait regardée assidûment pendant toute une saison, avait exacerbé son désir de faire du parachutisme. Effarés, ses parents avaient catégoriquement dit non à ce projet qui leur paraissait aussi extravagant que dangereux. Mineure à l'époque, elle avait dû les harceler pour obtenir leur consentement. Son père, lui-même pilote de petits avions récréatifs, avait cédé le premier, mais sa mère avait été plus coriace.

– Jamais, tu m'entends, au grand jamais. T'es trop jeune.

– Mais, maman, je vais suivre un cours…

– J'ai dit non. Arrête de me tourmenter, j'refuse de signer la décharge.

Après cinq semaines, de guerre lasse et la mort dans l'âme, sa mère avait fini par abdiquer, ce qui ne l'empêchait pas de vivre dans l'angoisse chaque fois que sa fille partait sauter.

Du haut de ses dix-sept ans, Zaza se sentait invincible. Elle rêvait de chute libre et d'aventure. Un beau Polonais, dont elle était récemment tombée amoureuse et qu'elle avait converti à ce sport, avivait sa motivation. Jakub avait effectué son premier saut alors qu'elle était toujours en quête de l'approbation de ses parents, mais trois semaines plus tard, elle pouvait enfin, elle aussi, se joindre au club des *Hommes volants.* Lorsqu'il l'avait vue arriver, l'instructeur avait hésité. La jeune femme qui se tenait devant lui était non seulement mineure, mais tellement menue que le moindre vent risquait de la faire atterrir à des kilomètres de la cible. Comme elle avait l'approbation de ses parents, il entreprit son entraînement, mais à contrecœur, et ne lui épargna aucun exercice d'endurance. Finalement, devant la détermination de sa nouvelle recrue, il se prit d'affection pour elle et accepta de devenir son mentor.

○

Zaza regarde ses compagnons de vol, tous devenus amis et complices. Ils se respectent, s'encouragent, veillent l'un sur l'autre. Yann lui fait un clin d'œil bienveillant. Elle lui rend son sourire, mais tourne vite la tête. Ce qu'elle s'apprête à faire va certainement bouleverser l'équipe.

La jeune femme repense aux deux années grisantes qu'elle vient de vivre. Entourée d'hommes casse-cou et bien baraqués, d'une gentillesse désarmante à son égard et d'une joie de vivre contagieuse, elle a goûté, en leur compagnie, à une solidarité sans pareille. Les gars et les trois autres femmes de l'équipe forment une famille qui se retrouve joyeusement les fins de semaine afin de partager la même passion.

Sauter, toujours sauter ! Zaza travaille pour payer ses études et ses sauts. Quant à Jakub, c'est son premier amour. Tous les deux vivent la fougue de leur jeunesse, s'aiment et pratiquent un sport qui les mène, c'est le cas de le dire, au septième ciel. Zaza n'existe que pour se retrouver en chute libre, dans un ciel immense ou dans les bras resserrés de son amoureux.

○

Le groupe a pris l'habitude de loger *Au Vieux Pin*, hôtel délabré à bon marché, tout près de l'aéroport. L'un d'entre eux se présente à la réception, donne son nom, paie d'avance, puis laisse la porte déverrouillée pour les autres. Ils sont parfois jusqu'à dix à partager une chambre exiguë au confort rudimentaire. Les chanceux héritent du lit, tiré au sort, alors que les perdants s'installent à même le plancher dans leurs sacs de couchage. L'administration ferme les yeux sur le stratagème, enchantée d'avoir des clients qui iront consommer au bar en soirée, tout en assistant au spectacle d'une effeuilleuse aussi vieillie que les murs de l'hôtel. Le stratagème laisse ainsi aux parachutistes plus d'argent pour sauter.

Ce matin, après le petit-déjeuner, Zaza est retournée à la chambre pour récupérer ses effets. Déjà en retard, elle voulait regagner l'aéroport au plus vite et faire partie du premier vol de la journée. Croyant tout le monde parti, elle a ouvert la porte sans frapper. Dans le lit, Jakub embrassait la nouvelle recrue, à l'égard de qui Zaza avait immédiatement ressenti une étrange aversion. Bouleversée, sans dire un mot, pas plus que les deux autres d'ailleurs, elle a ramassé son sac, puis est repartie aussi vite qu'elle a pu, non sans claquer la porte.

○

L'appareil arrive au point de largage. Chacun fait ses vérifications et se prépare à sauter. Zaza quitte l'avion la dernière, écarte bras et jambes, cambre le dos dans cette position stable qui permet de déployer un parachute en toute sécurité. Sauf que ce matin, elle a décidé de ne pas ouvrir. Comment continuer après ce qui s'est passé ? En moins d'une minute, tout sera terminé. Elle se dit que c'est mieux ainsi. Elle n'a rien vu venir, n'a su interpréter aucun des indices qui, probablement, étaient là depuis le début. Comme elle a été naïve ! À l'approche d'un nuage, elle ferme les yeux et attend l'impact. Attiré par la gravité, son corps fend l'air à toute vitesse, alors que la scène de la chambre d'hôtel se déroule à nouveau dans sa tête. Pour y échapper, Zaza ouvre désespérément les yeux, s'aperçoit que la terre approche à une vitesse effarante. L'instinct de survie la fait réagir, sa main droite saisit la poignée qui ouvre le parachute. *In extremis*, ce dernier se déploie au-dessus de sa tête, telle une fleur qui s'épanouit au soleil. L'altimètre indique qu'elle a dépassé, et de beaucoup, la hauteur recommandée. Son cœur bat à tout rompre, ses poumons aspirent l'air avec gourmandise, des larmes de soulagement coulent sur ses joues. Dans le silence qui s'ensuit, Zaza prend conscience de ce qui a failli se passer. Ébranlée, elle regarde ses mains, ses pieds, le paysage.

À l'atterrissage, ses compagnons la questionnent :

– Qu'est-ce qui est arrivé ?

– Mais t'as failli te tuer, là, tu te rends pas compte ?

– Qu'est-ce qui t'a pris d'attendre si longtemps avant d'ouvrir ?

– C'est rien, répond-elle. C'était si beau, j'me suis pas rendu compte que j'étais descendue si bas.

Son regard croise celui de Jakub. Il l'observe sans dire un mot et baisse la tête. Comme le veut la coutume, sans attendre, l'entraîneur la ramène sauter à nouveau pour conjurer la peur qui s'installe si vite lorsqu'un danger a été évité de justesse.

○

Les sauts sont terminés pour la journée et le pilote se joint aux parachutistes pour faire la fête. Mais Zaza n'a pas envie de se mêler au groupe. Après un repas vite avalé au casse-croûte du village, elle décide de dormir à la belle étoile. Jakub et elle le faisaient souvent au début de la saison. La nuit s'annonce douce. Zaza se procure tout de même les clefs du hangar au cas où le campement se révélerait trop inconfortable, à cause des moustiques ou du temps qui pourrait se gâter. Elle déplie son sac de couchage et s'installe sous l'aile de l'avion.

C'est aujourd'hui le solstice d'été, la journée la plus longue de l'année. Le ciel tarde à s'enténébrer, mais Zaza veut s'endormir, oublier ce qui vient de se passer, s'assoupit alors qu'il fait encore jour. Minuit passé, elle se réveille en sursaut. La pleine lune de juin éclaire la carlingue de l'appareil dans un ciel mouillé d'étoiles. Cette féerie ne fait qu'accroître son sentiment de solitude, de trahison aussi. Si la lune est pleine, le cœur de Zaza, lui, est vide.

Lune des roses et des petits fruits, lune du soleil fort et des amoureux, lune de miel. Mais ce soir, l'amour n'est pas au rendez-vous. L'hémisphère invisible de la lune qui garde en permanence le dos tourné à la terre se dérobe aux regards inquisiteurs. Qu'est-ce qu'elle recèle, cette lune, sur sa face cachée qu'on ne voit jamais ? Beauté envoûtante, mystère insondable ou secret inavouable ?

Zaza ne peut s'empêcher de faire le lien avec la découverte de ce matin. Pendant combien de temps Jakub lui a-t-il caché son côté obscur, sa double vie ? À quel moment leur amour s'est-il essoufflé pour faire place à une autre liaison ? Comment a-t-elle pu être aussi aveugle et ne pas s'en apercevoir ? Y a-t-il eu des indices ? Les sentiments évoluent et, se transformant, recèlent souvent des secrets. Pourtant, rien n'est caché qui ne doive un jour être découvert, toute dissimulation finit par être révélée sinon elle paralyse. Zaza ne veut pas vivre dans un monde de secrets ou de mensonges. Elle a besoin de faire face, de regarder droit dans les yeux, d'aller au-delà des apparences. Or, chaque être ne possède-t-il pas une face cachée que personne ne voit ? Un jardin d'ombre, une lumière obscure, un espace privé et secret ?

Après l'euphorie de la page tournée vient l'espérance des autres à écrire. Encore faut-il être en vie pour le faire. Zaza a failli commettre l'irréparable. Comme son geste aurait été inutile ! Elle ignore ce que l'avenir lui réserve, mais une chose est maintenant certaine : jamais plus, elle ne sera tentée de s'enlever la vie à cause d'une rupture amoureuse.

Dix ans plus tard, Jakub mourut du sida. La nouvelle recrue qui était dans ses bras, en ce matin fatidique de juin, était un homme.

7

Juillet

La part du lion

ANKA fit son entrée dans le monde par une journée floconneuse de novembre et provoqua, au cœur de la smala, un séisme d'une magnitude renversante. Du jour au lendemain, le centre de la famille se déplaça vers cette nouvelle venue : la petite devint le soleil autour duquel chacun gravita dans l'espoir de s'y réchauffer, elle engendra, par sa seule présence, une tendre et collective folie.

Son arrivée changea non seulement la dynamique du foyer, sa venue modifia aussi les habitudes, la distribution des rôles et la responsabilité de tous membres de la maisonnée. Comme la maman et le papa venaient tout juste d'avoir dix-huit ans et n'avaient pas encore terminé leurs études, le clan opta à l'unanimité pour une garde collective. En compagnie de sa mère, l'enfant vécut donc ses premières années chez ses grands-parents maternels.

Anka emménagea dans la chambre que partageaient, depuis leur tendre enfance, sa mère et sa tante. Son berceau fut installé entre le lit maternel, que le grand-père occupa les premières semaines pour permettre à la nouvelle maman de reprendre des forces, et celui de tante marraine qui s'en trouva fort aise. L'existence reprit son cours. La maisonnée connut des journées laborieuses, mais surtout des nuits fort agitées, car il s'avéra que mademoiselle était loin d'être de tout repos. Grand-père et Marraine alternèrent leur garde nocturne, se partagèrent biberons, changements de couches et bercements. Après un mois de nuits blanches, grand-papa retourna enfin dans le lit conjugal, alors qu'une maman fortifiée revint dans le sien pour prendre la relève. Marraine continua ses nuits blanches.

Les mois s'écoulèrent et les liens du clan, tricoté serré, refusèrent de laisser tomber des mailles. La présence de cette enfant, au sein de la famille, insuffla à la meute une phénoménale bouffée de tendresse. Du haut de ses deux ans, Anka régnait sur la lignée, imposait ses diktats d'un coup de baguette magique, chacun des sujets se pliant de bon cœur à ses moindres caprices. À tour de rôle, les subalternes de mademoiselle lui prodiguèrent soins, attention et cajoleries.

Le grand-père, tout particulièrement, éprouvait un penchant très prononcé pour sa première petite-fille. Lui qui adorait les enfants, noua avec elle une connivence affectueuse et ludique. Il reprit les berceuses qu'il avait jadis chantées à sa géniture, continua de se lever pour calmer celle qui refusait carrément de faire ses nuits, devint son compagnon de jeux, la chouchouta, la chatouilla, la poursuivit d'un enthousiasme indomptable, qui donna à penser qu'il était lui-même retombé en enfance. Anka devint *sa gallina d'amour*. Or, la *gallina* tenait davantage du coq que de la fameuse poulette aux petits cocos. Mais bon, les autres n'allaient pas contredire le patriarche pour si peu et risquer d'y perdre leurs plumes.

○

Lorsque Marraine rebrousse le cours du temps et repense à cette période intense au sein de sa famille, un divertissement entre le grand-père et l'enfant lui revient en mémoire, un plaisir favori qui se démarque des autres : le jeu du lion. Quand papi revenait du travail, en fin de journée, et que mademoiselle entendait la clef dans la serrure, elle se précipitait vers lui en réclamant à cor et à cri :

– Le lion, grand-papa, fais le lion !

La porte à peine refermée, parfois même avant, le grand-père se retrouvait à quatre pattes pour se métamorphoser en lion. L'écuyère montait alors sur son fauve favori avec une agilité d'amazone et le sommait de se mettre en mouvement. Le lion secouait sa crinière grise, grognait, rugissait, reniflait bruyamment, tanguait de son poids d'animal sauvage, conduisait la *gallina* dans les dédales de la maison, ne s'arrêtant que si mademoiselle lui en donnait la permission. Ce jeu dura presque deux ans, jusqu'au jour où, accompagnée de ses parents, la dompteuse quitta définitivement l'appartement qui l'avait accueillie à sa naissance pour amorcer une nouvelle étape de sa vie.

Marraine se souvient encore de cette journée où le lion versa ses premières larmes de fauve. Son rugissement fit trembler l'édifice coin Decelles et Côte-Ste-Catherine, son feulement résonna dans le cœur de tous ceux qui habitaient la tanière. Mais en dépit de leur immense affliction, les membres du clan souhaitèrent bonne fortune à chacun des lionceaux migrateurs.

Après le départ de son unique et bien-aimée *gallina*, grand-père abandonna le lion à l'entrée en revenant du travail. Il lécha sa peine, non sans quelques sourds gémissements félins, et sa crinière passa du gris au blanc. Toutefois, il ne perdit rien de la domination tyrannique qu'il exerçait sur les siens et conserva, du roi des animaux, sa boulimie notoire pour toute bonne chère.

Dans les années qui suivirent, d'autres petits-enfants vinrent peu à peu élargir la tribu, de sorte que le grand-père put reprendre ses jeux de grand fauve. Par mesure de prévoyance, il s'inventa une deuxième incarnation qui, jumelée à celle du lion, lui assura un règne incontesté sur la famille au grand complet. Du jour au lendemain, il ordonna qu'on s'adresse à lui sous le nom de Bwana. À ceux qui s'interrogeaient sur cette étrange appellation, il expliqua qu'en swahili, Bwana voulait dire maître, grand chef, roi. Pour tous – enfants, petits-enfants, arrière-petits-enfants, beaux-fils ou brus, neveux et nièces –, il devint Bwana, le chef incontesté et incontestable, maître au rire contagieux, aux colères fracassantes, seigneur et roi de la lignée.

○

Vers la fin de ses jours, Bwana éprouva de sérieux problèmes de santé et sa qualité de vie s'en trouva considérablement diminuée. Après un long séjour à l'hôpital, le maître de la smala comprit qu'il ne pourrait plus retourner à la maison et poursuivre son existence au milieu des siens comme il le désirait. Finir en centre d'accueil était inacceptable au lion qu'il était. Sans désemparer, il prit la décision, avec l'accord du médecin et l'appui de sa famille, de mettre fin à ses traitements, puis retourna chez lui. Lorsque vient le temps de mourir, certains animaux choisissent de s'isoler ; si la grande majorité des humains s'éteignent dans des lieux aseptisés, le lion, lui, voulait passer l'arme à gauche dans sa tanière, entouré de sa famille, qu'il avait tant aimée, là où, pendant toutes ces années, il avait fait la pluie et le beau temps.

Tous se relayèrent à son chevet. L'un lui préparait la nourriture qu'il affectionnait, l'autre accourait la nuit à ses appels de détresse, chacun parcourut à ses côtés la dure et incontournable route de l'ultime exode. Le grand-père guettait en silence les signes annonciateurs de la fin, fixait intensément cette femme qu'il allait bientôt quitter, écoutait religieusement sa musique, dégustait, mais avec beaucoup moins d'appétit, du saumon cru et des œufs mollets.

Sa faiblesse s'accentua. Lorsque le goût des aliments l'abandonna complètement, tous comprirent, lui le premier, que la grande culbute était imminente. C'est ainsi que, par une journée hyper-froide de décembre, quelques jours avant son quatre-vingt-unième anniversaire, le roi-lion entrouvrit la porte de sa cage terrestre. Sans rugir, et pour la première fois de sa vie sans faire d'histoires, il s'évada du monde et embrassa l'éternité.

En apprenant la mort de son grand-père, Anka arriva de l'Outaouais pour dire adieu à son premier compagnon de jeu. Elle veilla le corps quelques heures avec sa mère, sa grand-mère et sa tante. Avant de repartir, elle se pencha sur le visage exsangue du patriarche, caressa une dernière fois sa crinière blanche, posa un tendre et dernier baiser sur son front déjà refroidi.

○

Devenue comptable, l'ex-dompteuse de lion passe aujourd'hui ses journées à dresser des colonnes de chiffres.

Elle les met en rang, calcule profits ou pertes, pondère les finances, conseille les entreprises. Les deux pieds sur terre, on ne peut lui reprocher d'être indécise ou illuminée. Pourtant, ce qui est sur le point de se passer va chambouler son esprit cartésien et la plonger dans les eaux troubles du mystère.

Alors qu'elle s'apprête à aller se coucher, elle remarque que le fluorescent du sous-sol est resté allumé. Pourtant, personne n'y est allé de la journée. Ce n'est pas la première fois que cela se produit. Elle a déjà interrogé les enfants à ce sujet, mais ils ont clamé haut et fort leur innocence. Or, ce soir, Anka est seule et absolument certaine de ne pas avoir allumé. En descendant pour aller éteindre, elle se dit qu'il lui faudra faire revoir le système électrique. Subitement, sur la dernière marche, une pensée lui traverse l'esprit : et si c'était son grand-père ? Ne lui a-t-il pas dit qu'il se manifesterait après sa mort ? Elle se souvient qu'il a juré de lui faire signe et, longtemps, elle a attendu sa visite sans que rien ne se concrétise.

La comptable en elle hausse les épaules. C'est sans doute le stress : elle a trop de clients, son travail lui fait perdre la tête. Elle ferme le commutateur et s'apprête à remonter. Mais voilà que dans le noir, la jeune femme croit discerner une présence, une respiration, un grognement à peine perceptible : son grand-père est là ! Au lieu de s'en réjouir, la dompteuse affolée prend ses jambes à son cou, regrimpe l'escalier et sort de la maison.

○

Dehors, son cœur bat à tout rompre et elle s'efforce de retrouver sa respiration. Encore chaud, le fond de l'air l'enveloppe comme une coulée de miel, la calme un peu.

La pleine lune de juillet brille dans toute sa splendeur au-dessus des collines de la Gatineau. Lune des prés, lune d'hydromel, celle des foudres et du tonnerre.

Il est près de minuit et Anka admire le ciel. Elle se souvient de la fascination de son grand-père pour l'astronomie, le revoit s'extasier devant la beauté des photos prises par le télescope Hubble, l'entend encore parler d'étoiles, de trous noirs, des mystères de l'Au-delà, l'imagine caché dans un cratère de lune. Elle cherche, comme il le lui a montré, la constellation du Lion dans la suite de la Grande Ourse. Après toutes ces années, elle se rappelle encore! Soudain, un éclair traverse l'atmosphère, suivi d'un claquement sec et d'un roulement sépulcral. Le tonnerre par une nuit si claire? Est-ce possible? Un deuxième coup, cette fois prolongé et beaucoup plus diffus remplit à nouveau l'espace. C'est lui, elle en est sûre!

Au cœur du grand vide sidéral, le grand père au regard bleu monte la garde et veille sur sa petite fille. Un troisième feulement, languide et mélancolique, se fait entendre. Le lion se manifeste, informe tendrement *sa gallina d'amour* qu'il pense toujours à elle et ne l'oubliera jamais.

Cette fois, Anka ne se sauve pas. Elle se souvient de la crinière argentée et, les larmes aux yeux, répond en souriant à son grand fauve:

– Bonne nuit grand-papa, dors bien.

8

Août

Clac !

Bien en chair, sans doute un peu trop pour son pauvre cœur anémié, cheveux gris, front dégarni surplombant des yeux frileux, Alvin ne se départait jamais d'une moue qui, telle une vilaine cicatrice, lui traversait le bas du visage. Soixantaine avancée, de santé fragile – on le disait « pris » du cœur –, il habitait une pittoresque maison de pierres à l'extrémité nord du chemin de la Montagne. Ce coin de paradis, jouxtant collines et forêts, faisait partie du monstre amalgamé qu'était devenue l'ambitieuse ville de Gatineau. À l'écart de la folie immobilière, l'endroit offrait au regard un relief en pentes douces, des ruisseaux tranquilles se languissant dans la brume du soir et d'étroits sentiers qu'empruntaient souvent les chevreuils.

À la retraite depuis deux ans, Alvin n'avait gardé aucun lien avec ses anciens collègues. Manque d'intérêt ? Trop d'effort ? Partenaires et contacts, à mille lieues d'être des amis, s'étaient vite perdus dans les brumes de son passé public. Alvin ne s'en trouva pas plus mal, mais il en fut autrement pour Barbara, sa femme. Fatiguée de voir son mari traîner une mollesse déprimante à longueur de journée, elle le quitta pour un professeur de yoga franchement plus jeune et plus zen.

– Ta grisaille m'assassine, lui confia-t-elle en partant.

Il hocha la tête. Que répondre à un tel verdict ? Quant à son fils unique, qui travaillait à l'étranger, il refusait systématiquement d'aller le visiter, terrorisé à l'idée de devoir prendre l'avion.

Lecteur boulimique, poète médiocre, jardinier malhabile, une passion pour l'ornithologie rachetait toutefois sa morosité chronique. Il adorait les oiseaux, les observait sans se lasser, les identifiait grâce à de multiples guides scientifiques, devenait même égrillard à la saison des amours, oubliant momentanément sa neurasthénie pour siffloter en leur compagnie. Il inspectait les nids au printemps et nourrissait ses chers petits dès que l'automne se pointait le nez.

Toutefois, un irritant majeur entachait ce quotidien idyllique : l'omniprésence des écureuils. En légion, ces crapuleux mammifères grignotaient l'écorce des arbres ou en croquaient les bourgeons, déterraient les bulbes, entraient par le toit et s'installaient dans le grenier, volaient la nourriture des oiseaux, rongeaient leurs mangeoires, parfois même squattaient les nichoirs et se régalaient des oisillons. Noir, gris ou roux, aucun spécimen ne trouvait grâce aux yeux d'Alvin. Le misanthrope qu'il était tenta de philosopher : dans la grande nature, chaque espèce n'avait-elle pas droit à sa part de paradis ? Mais cette attitude pacifique fut de courte durée, l'effronterie des sciuridés ayant vite raison de cet argument. Il en vint même à considérer la présence de ces malotrus comme un affront personnel et, pour mieux les déjouer, décida de se renseigner sur leur compte.

○

Il était une fois, une de ces fois qui n'en était pas une, une engeance maléfique qui montait et descendait à l'arbre du monde. Son unique but était de semer la discorde entre l'aigle, installé à la cime, et le serpent qui se faufilait aux racines. Plusieurs légendes en provenance de la vieille Europe relataient également la présence de ces créatures malfaisantes, redoutables fauteurs de troubles, incarnations sataniques à n'en point douter. Il n'était donc pas le seul à discréditer ces horribles bestioles. Au cours de lectures approfondies, il découvrit l'univers des djinns, sorte de génies aux formes volatiles vivant dans un univers parallèle. Il existait de bons djinns, mais il y en avait aussi de mauvais, des rebelles, et ceux-ci s'incarnaient sous différentes formes dans le but de rendre infernale la vie des humains. Alvin poussa un soupir de satisfaction. Bingo ! Il avait trouvé : les écureuils qui s'acharnaient sur sa propriété ne pouvaient qu'être habités par de tels démons. Impossible d'expliquer autrement leur débauche. Dès ce jour, sa mission devint on ne peut plus claire, il allait débarrasser son domaine de cette race maléfique.

○

Conciliant, il opta d'abord pour la dissuasion, se dota de mangeoires et de plateaux anti-écureuils. Sans succès. Il saupoudra du poivre de Cayenne sur le sol, y étendit des boules de naphtaline et des mèches de cheveux que son coiffeur lui fournissait. En vain. Il enduisit de vaseline les poteaux de chacune des mangeoires en question, se procura de l'urine de loup et en versa dans les endroits stratégiques. Rien n'y fit.

Exaspéré, il révisa cette approche pacifique, voulut se doter d'un fusil à plombs. Mais, il ne savait pas viser.

D'ailleurs, les règlements de la ville l'interdisaient. Maudite ville ! De plus en plus furieux, il fit alors provision de pièges à rats. Les écureuils n'étaient-ils pas des rats endimanchés ? Racoleurs, hypocrites, ils séduisaient les humains à coups de queue et d'acrobaties, c'était bien connu. Alvin en profita également pour faire l'acquisition de trois cages, acheta du beurre d'arachide et consacra toute son énergie à capturer les coupables.

Clac ! Un ignoble gris. Clac ! Un noir affreux. Clac ! Un petit suisse hyperactif. Clac ! Clac ! Clac ! À chaque fois que la porte d'une cage se refermait sur sa proie, un clac sublime se faisait entendre dans la tête d'Alvin. Il était aux anges.

Au début, notre piégeur fit preuve de miséricorde. Il ne tuait pas ses prisonniers, mais allait les libérer dans la province voisine. Aucun barrage de langue ne s'y opposait, les écureuils parlant le même dialecte des deux côtés de la rivière des Outaouais. Après plusieurs semaines de voiturage, il prit toutefois conscience du temps qu'il passait à trimbaler ces malfaiteurs et sa compassion battit de l'aile. En outre, un facteur imprévu empira sa frustration : plus il attrapait d'écureuils, plus d'autres saligauds de la même espèce les remplaçaient. Aux grands maux les grands remèdes : il ne lui restait que l'extermination.

Justicier de droit naturel, Alvin s'engagea donc à délivrer la terre entière de cette vilaine engeance. Il tergiversa quelques semaines sur la façon la plus efficace de s'y prendre. La solution se présenta lors d'une promenade dominicale : il plongerait les cages, victimes incluses, dans l'étang qui se trouvait à l'extrémité de sa propriété. Deux minutes à peine et hop, le tour serait joué. Au suivant ! Il jetterait ensuite les cadavres aux ordures ou les abandonnerait dans le champ voisin.

Ce qui fut décidé se fit. L'hécatombe commença.

○

En ce crépuscule de moisson, après trois ans de chasse intensive, Alvin a tué des centaines d'écureuils. Toutefois, il doit se rendre à l'évidence, l'espèce abhorrée continue de faire des ravages. Misérable, il sirote son cinquième verre de vin. Auparavant buveur modéré, il a vu sa consommation d'alcool monter en flèche le jour où il a déclaré la guerre aux sciuridés. Une hantise de chaque instant l'accapare maintenant tout entier, et son médecin a dû lui prescrire des antidépresseurs pour contrer son angoisse ainsi que des somnifères pour s'endormir le soir.

À cette heure entre chien et loup, il se sent triste, abandonné, impuissant. Paupières à mi-mât, rictus amer sur des lèvres presque inexistantes, il observe par la fenêtre du salon un écureuil accroché à sa mangeoire préférée. Ce dernier le regarde aussi : ils se connaissent bien tous les deux.

– Maudit gros gris, je t'aurai un jour, marmonne Alvin.

– Bourreau ! Si tu penses pourvoir décimer mon espèce, tu te trompes, mitraillent les yeux haineux du gros gris. Tu ne perds rien pour attendre, lui laisse savoir l'animal.

Alvin frissonne. Voilà qu'il entend parler les écureuils maintenant ! Il frappe contre la vitre pour chasser l'intrus, puis hausse les épaules et vide la bouteille de Sancerre. Que peut un vulgaire rongeur contre lui ? Il se jure d'avoir sa peau.

Aux nouvelles, ce soir-là, la direction d'Hydro-Québec rapporte que les écureuils ont causé près du quart des pannes de la région l'année passée, soit plus d'une centaine!

– Et dire que les gens trouvent ces bestioles adorables et inoffensives, maugrée Alvin.

Il termine son repas, fait la vaisselle et, comme tous les soirs, va déposer les restes de nourriture dans le bac de compostage. En passant par l'étang, il se félicite des nombreuses noyades qu'il a provoquées. Bon travail! Il lève la tête, observe pensivement la pleine lune d'août qui se pointe à l'horizon. C'est sûrement elle, la coupable de son angoisse. N'est-il pas toujours oppressé les soirs de pleine lune? Combien sont ceux qui, ces nuits-là, ne trouvent pas le sommeil, ressentent une frayeur irraisonnée, se disent plus nerveux, colériques ou mélancoliques? Ne dit-on pas qu'ils sont lunatiques? Alvin frissonne, rentre la tête entre les épaules, hâte le pas vers la maison, constate que la porte est restée entrouverte. Décidément, il devient de plus en plus distrait. Complètement brisé, cafardeux, alourdi par le vin, il finit par aller se coucher.

Dès qu'il met le pied dans sa chambre, il n'en croit pas ses yeux: un écureuil vole d'un meuble à l'autre. A-t-il bu à ce point-là? Est-il en train de devenir fou? Il se rappelle avoir lu un article sur les polatouches, mammifères mieux connus sous le nom d'écureuils volants. Ces derniers planent d'un arbre à l'autre grâce à une membrane musculaire qui relie leurs pattes à leurs flancs. L'espèce en question est particulièrement présente dans le parc de la Gatineau. Un polatouche virevolte dans sa chambre, il ne manquait plus que ça! En colère, il ferme la porte derrière lui, ouvre toutes les fenêtres, pourchasse l'animal à coup de pyjama et de jurons. Après une bonne vingtaine de minutes d'une poursuite effrénée, le polatouche s'esquive par l'une des fenêtres.

En sueur, le souffle court, Alvin tremble de tout son corps. Il fait sa toilette et se met au lit.

○

Fatigué par le combat qu'il vient de livrer, il se blottit dans ses draps avec délices. Même s'il y dort mal la plupart du temps, même s'il fait souvent des rêves sans queue ni tête ou des cauchemars qui l'oppressent et le laissent hors d'haleine, il affectionne ce moment de la journée : retrouver le silence de sa chambre, un bon livre… la sainte paix ! Mais ce soir, il n'arrive pas à se concentrer, éteint la lampe de chevet et se glisse au fond du lit, non sans avoir avalé un somnifère. L'effet de celui-ci tarde à se faire sentir. Le polatouche de tout à l'heure l'a trop énervé. Sans compter qu'il n'arrête pas de penser au maudit gros gris, élabore des stratagèmes aussi sombres les uns que les autres. Exaspéré, il prend un deuxième comprimé.

Enfin, la détente s'amorce. Sa tête flotte, ses pensées ramollissent. Alors qu'il s'apprête à glisser dans les bras de Morphée… clac ! Son cœur s'affole de plus belle, bat la chamade, saute aux barreaux de sa cage thoracique tel un écureuil pris au piège, génère une angoisse qu'il n'arrive plus à maîtriser. Un poids terrible lui écrase la poitrine. Il étouffe ! Ses mâchoires se contractent, un râlement fait trembler ses lèvres. D'une main, il essaie de repousser les draps. En vain.

– Non, non ! hurle-t-il dans sa tête.

Les yeux exorbités de terreur, la bouche ouverte d'horreur, il prend conscience de ce qui lui arrive.

○

Les animaux ne réagissent pas tous de la même manière au cycle lunaire. Si le saumon se fait discret et que les insectes sont en général moins agressifs en période de pleine lune, il en va autrement pour la majorité des animaux. Ainsi, les abeilles affichent une activité plus intense, butinent davantage, surtout lorsque le ciel est clair. Quant aux coraux, ils émettent, tous ensemble et au même moment, des milliers de milliards d'œufs et de sperme. Un ballet s'ensuivra, qui permettra la naissance d'un nombre incalculable de créatures. En laboratoire, les scientifiques ont également remarqué que le rat redoublait d'activité à cette époque du mois.

Or, ce soir, la pleine lune baigne le paysage d'une lumière laiteuse aux reflets changeants. Ses rayons nacrés glissent à travers les grands arbres, peuplent les ténèbres de fantômes inquiétants. Depuis la nuit des temps, la pleine lune est favorable aux initiations et aux sacrifices. Au faîte de sa gloire, sorcières, druides et shamans s'adonnent à leurs pratiques rituelles, tandis que les hommes se transforment en loups-garous. N'est-ce pas aussi le temps que choisissent les grandes marées pour s'emparer des océans ? Celui où les crimes, les suicides et les naissances ont la réputation d'être plus nombreux ? Le moment du mois où les cultivateurs attribuent à l'astre sélène des méfaits particuliers ?

Alors que le disque lunaire est à son point culminant sur le chemin de la Montagne, une purification vient d'avoir lieu, un affrontement, un règlement de comptes, l'envers d'un exorcisme.

À l'ombre du mur, craquements et couinements se font entendre. Griffes effilées claquettent sur la gouttière.

Une dizaine d'écureuils s'échappent par le toit de la maison et se fondent dans la nuit. Investi des forces obscures et maléfiques de la lune, le monde animal a pris sa revanche sur l'humain. Mission accomplie!

Alvin, leur tortionnaire, repose maintenant au royaume des morts. Quelques poils gris sont emmêlés à ses doigts.

9

Septembre

Le regard des autres

En ce jeudi ensoleillé de septembre, Julia enchaîne les longueurs de piscine dans le corridor réservé aux nageurs moins rapides. L'eau est tempérée. Sa respiration régulière et les mouvements de brasse, exécutés depuis tant d'années, se font sans qu'elle y pense. Dans cet élément aux vertus magiques, la nageuse étire ses muscles, les tonifie, glisse dans une sorte d'apesanteur, son corps immergé dans un monde vivifiant où, comme par miracle, se noient stress et angoisse.

La piscine, aux dimensions olympiques, dont l'eau est traitée au sel, offre plusieurs possibilités : bain tourbillon, bain libre, bassin récréatif, cours de natation ou d'aquaforme. Les portes des vestiaires s'ouvrent et se referment sur ceux qui arrivent ou repartent, les sauveteurs sont à leur poste, quelques enfants s'éclaboussent dans la pataugeoire, les adultes s'entraînent avec énergie. Julia va et vient avec délice. Comme il y a moins de baigneurs à cette heure, elle peut laisser courir son imagination, fermer les yeux l'espace de quelques mouvements continus ou admirer l'arbre majestueux qui se dresse au-delà de l'immense fenêtre du centre aquatique.

Une deuxième nageuse vient de s'engager dans le même couloir. Elle est habillée des pieds à la tête : pantalon, manches longues, foulard de soie noué à la manière musulmane. Le voile mouillé peine à rester en place. Les cheveux s'en échappent constamment, astreignent la jeune femme à fréquemment s'arrêter. Julia se demande comment une nageuse ainsi accoutrée peut apprécier la sensation de l'eau. Comme c'est dommage ! Lequel des péchés est plus grand, aux yeux d'Allah : offrir son corps au regard des autres ou lui faire sentir les caresses libertines de l'eau ?

○

Julia, qui a voyagé en territoire musulman, n'aurait jamais osé s'afficher en bikini au bord d'une piscine, encore moins sur les plages d'Égypte, d'Arabie saoudite ou du Maroc. Il lui arrivait même, à l'occasion, de se couvrir la tête par respect pour ces gens qui l'accueillaient chez eux. Tout en poursuivant ses longueurs, elle observe l'étrangère du coin de l'œil, s'interroge sur les motifs qui ont poussé cette femme à venir s'installer dans un pays où les mœurs sont radicalement à l'opposé des valeurs qui l'ont façonnée. Cette immigrante ne devrait-elle pas s'intégrer à sa nouvelle terre d'accueil et en adopter les coutumes ?

Un incident lui revient en mémoire. Julia se souvient encore de l'embarras qu'elle avait ressenti à l'époque. Pour ses trente années de service, la Fonction publique avait voulu souligner son travail. Le fonctionnaire chargé de lui remettre un certificat de reconnaissance l'avait cordialement félicitée, mais avait refusé de lui serrer la main. Sa religion musulmane le lui interdisait. L'homme lui avait expliqué qu'il ne pouvait que toucher la main de sa mère, de sa sœur ou de son épouse. Il espérait qu'elle comprendrait. Mal à l'aise, elle lui avait répondu que ce n'était pas grave, que oui, bien sûr, elle comprenait. Mais de retour au bureau, ses collègues, outrés, l'avaient incitée à porter plainte.

– Ben voyons, Julia, le gars te félicite au nom de TON gouvernement et refuse de te serrer la main à cause de SES croyances ? Tu trouves ça normal, toi ?

– Non, mais ce n'est pas la fin du monde. Puis, c'est maintenant son gouvernement à lui aussi, non ?

– Tu veux dire que tu vas accepter ça sans protester ?

– Pourquoi faire des vagues qui risqueraient de lui causer des problèmes ? J'ai toujours été pour l'inclusion. Les humains sont différents et moi, ça s'adonne que je trouve ça intéressant.

Plus tard, elle avait regretté cette décision de laisser faire sous prétexte d'ouverture d'esprit. Qui plus est, son malaise s'était amplifié avec les années. En réalité, peut-être avait-elle été lâche en refusant d'attirer l'attention de ses supérieurs sur un événement à caractère symbolique, mais révélateur de tous ces accommodements qu'on jugeait raisonnables.

○

Ses longueurs terminées, Julia sort de la piscine. Cette fois, elle décide de ne pas se taire, de dire franchement ce qu'elle pense et aborde le sauveteur.

– Excusez-moi, mais je voudrais savoir : le port du maillot de bain n'est pas obligatoire dans la piscine ?

– Oui, en effet, il l'est.

– Mais la femme, là…

– Elle porte un burkini.

– Un quoi ?

– Un burkini, c'est le maillot de bain pour la femme islamique.

– Ah bon ! Et c'est permis ? Me semble que ce n'est pas très hygiénique dans une piscine publique. Si tout le monde commençait à s'habiller comme ça…

Le surveillant soupire l'air de dire « Une autre vieille malcommode ! » mais reste poli.

– La ville autorise le port du burkini dans ses piscines, madame.

– Vraiment ? Je ne savais pas, c'est la première fois que je vois quelqu'un en burkini. Mais puisque vous le dites…

Peu s'en faut que Julia s'excuse de l'avoir dérangé. Serait-elle devenue une vieille bique intolérante ? Ça se pourrait bien. Finalement, elle hausse les épaules : bikini, monokini, burkini, qu'est-ce que ça peut bien lui faire ?

Elle retourne au vestiaire, ouvre son casier et se dirige vers l'une des trois cabines pour se changer et prendre sa douche. Depuis deux ans, elle refuse de se montrer nue devant les autres. Toutes les cabines sont occupées, sauf une. Mais dans cette dernière, il y a des vêtements. La personne a peut-être oublié de les ranger dans un casier. Comme Julia est pressée, elle décide tout de même de l'occuper. À peine a-t-elle retiré son maillot qu'on frappe avec insistance. Hâtivement, elle s'abrite derrière une serviette et entrouvre la porte. La femme en burkini lui dit que ce sont ses vêtements, qu'elle était là avant elle et lui demande de sortir. Un silence inquisiteur règne dans le vestiaire. Les autres femmes semblent trouver la situation plutôt cocasse et attendent la suite. C'en est trop ! Exaspérée, Julia sort de ses gonds.

– Écoutez-moi. Vous n'êtes pas censée laisser vos vêtements dans les cabines individuelles. Il y a des casiers partout, ce n'est pas pour rien. Je suis déjà toute déshabillée, alors je vais prendre ma douche. Attendez votre tour. Ça ne sera pas long, je vais me dépêcher.

Elle s'apprête à refermer la porte, mais l'autre essaie de récupérer ses vêtements et, sans faire exprès, accroche la serviette de Julia, qui se retrouve nue devant tout le monde, nue devant tous ces regards de femmes qui, inévitablement voient la cicatrice laissée par sa mastectomie. Mal à l'aise, ces dernières se détournent l'une après l'autre.

– Ça va aller, lui dit l'une d'entre elles, en mettant la main sur son épaule pour la réconforter.

Puis, tout doucement, elle referme la porte de la cabine.

○

De retour à la maison, Julia s'allonge sur son lit, y reste sans bouger. Trois heures plus tard, les mâchoires serrées et les yeux secs, elle revoit encore la scène. Comment oublier ce qu'elle a perçu dans ces yeux qui détaillaient son corps mutilé? Choc, inquiétude, empathie. La peur surtout, la peur qu'une telle malédiction puisse un jour leur arriver.

Elle se lève et allume. Pour la première fois, depuis qu'on lui a enlevé un sein, elle dénude sa poitrine devant le miroir et prend le temps qu'il faut pour bien se regarder. Elle examine la cicatrice qui lui barre le côté gauche de la poitrine, touche tendrement à son autre sein resté tout seul, et qui lui fait penser à un vêtement oublié sur un portemanteau. Est-elle encore femme à part entière? Séduisante? Désirable? Car à l'instar de la chirurgie que son corps a subie, le cancer a engendré une coupure en elle, une entaille, une faille où rien ne sera plus jamais comme avant. En modifiant son image, la mastectomie l'a bousculée dans son identité.

Elle, qui n'a pas versé de larmes depuis le diagnostic, se laisse aller, pleure son sein nourricier porteur de désir et de vie, ce sein qui est devenu porteur d'une menace mortelle, et que le médecin a dû lui retirer ; elle pleure son corps amoindri par l'opération, la perte de ses cheveux, les nausées, la grande faiblesse et les périodes d'angoisse ; elle pleure cette peur de mourir qui l'a submergée tel un impitoyable tsunami. Des sanglots la secouent, une plainte d'animal blessé s'échappe du plus profond de son être. Comme elle a eu peur !

Toutes ces larmes trop longtemps retenues la libèrent. Elle respire mieux, se demande pourquoi elle a mis tellement de temps à pouvoir regarder son corps, toiser bien en face les ravages de la maladie, le frôlement de la mort surtout. Au fond, ce n'est pas du regard des autres qu'elle avait peur, mais du sien.

○

Après le repas, elle sort pour respirer à pleins poumons l'air vivifiant de septembre, ce mois fragile qui caracole avec insouciance vers l'automne. Julia a toujours aimé les demi-saisons, ces entre-temps au milieu d'extrêmes, ces états intermédiaires de conciliation et de médiation. À l'horizon, la pleine lune se fraie timidement un passage à travers les branches de l'érable. On dirait qu'elle joue à cache-cache.

Lune des moissons, *Harvest Moon* disait son grand-père irlandais. Julia avait vécu les premières années de sa vie avec ses grands-parents maternels, dans le Pontiac, et c'est ce grand-père anglophone qui lui avait expliqué pourquoi on avait ainsi surnommé la lune de septembre. C'est que celle-ci apparaissait très tôt dans le ciel, après le coucher de soleil, permettant ainsi aux cultivateurs de continuer leur travail dans les champs même à la nuit tombée. On affirmait que cette période donnait aux fermiers le temps nécessaire pour terminer les vendanges et engranger les récoltes.

Julia se sent mieux. Beaucoup mieux. Elle lève la tête puis éclate de rire. C'est le comble ! Au ciel, la face de la pleine lune est à demi voilée par un nuage. La coquine aurait-elle aussi décidé de porter un hijab pour se soustraire au regard des autres ?

10

Octobre

L'empreinte du Capricorne

JEUNES ET VIEUX, timides et crâneurs, tendres ou machos, les hommes de sa vie avaient plusieurs points communs avec les vêtements de sa garde-robe : ils servaient à l'embellir, à la réchauffer, et elle en comptait un pour chaque occasion. Oui, sa palette était bien garnie. Elle avait en réserve des compagnons de concerts ou de vernissages, savait d'instinct lesquels tiendraient la route pour des virées romantiques dans le Sud ou des fins de semaine de *cocooning* à la campagne. À chacune de ses activités se greffait un partenaire fait sur mesure, capable de la suivre ou de l'entraîner. Elle avait descendu les rapides de la rivière Romaine en compagnie d'un Anglais, skié à Tremblant avec un animateur de Radio-Canada, s'était associée à un ami peintre pour un périple à vélo au Vietnam et, depuis deux ans, suivait des cours d'ikebana avec un collègue de travail.

Célia n'avait jamais oublié l'époque où son père rentrait le soir avec un verre de trop. Sa mère ne pipait mot, faisait comme si de rien n'était, n'avait surtout pas l'intention de découvrir les causes du penchant de son époux et, par la même occasion, de mettre en péril la sacro-sainte institution du mariage. Depuis cette époque, la jeune fille était devenue allergique à tout faux-semblant. Cette intolérance s'était exacerbée à un point tel que l'image traditionnelle du couple parfait la hérissait. Il y avait anguille sous roche, pensait-elle automatiquement : « C'est du toc, c'est du faux, je le sens. »

Déterminée à ne pas se retrouver dans la situation de sa mère, elle s'était braquée dès l'adolescence, avait refusé d'envisager sa vie auprès d'un seul homme, si séduisant ou généreux fût-il.

Maintenant dans la jeune trentaine, ses amants ne pouvaient pas lui reprocher de s'éterniser. En réalité, c'était plutôt le contraire. Lorsque l'aventure semblait se prolonger indûment, Célia espaçait les rendez-vous et s'éclipsait ensuite du paysage. Ni vu ni connu. L'amant de l'heure se retrouvait limogé. En colère, parfois la larme à l'œil, certains insistaient pour la forme – un homme évincé devient vite un coq énervé –, mais tous finissaient inévitablement par se résigner. La belle était à même de constater que ces mâles éplorés dénichaient, à plus ou moins brève échéance, d'autres bras pour se consoler. Elle ne doutait donc pas du bien-fondé de sa philosophie : mieux valait remercier qu'être remerciée.

En amazone avertie, elle ne faisait d'exception pour personne. Quelques-uns, deux peut-être trois, en avaient eu le cœur brisé, Charles surtout. Mais il devait s'en être remis puisqu'elle n'avait pas entendu parler de lui depuis plus d'un an. Toutefois, la résistance témoignée par ce dernier l'avait forcée à resserrer sa vigilance. Son attitude s'était maintenant doublée d'un cynisme dont elle ne se défendait même plus.

○

Célia vient d'annoncer à Bruno qu'elle s'envole pour Madagascar dans deux semaines afin de préparer l'exposition qui doit avoir lieu l'année prochaine au Musée canadien de l'histoire. Ses patrons l'envoient faire des recherches sur les monuments funéraires de l'île rouge, au sud du pays, dans cette fameuse corne du Capricorne où les cimetières Sakalava sont les hauts lieux de cet art malgache si particulier. La mission l'enchante. Cet éloignement pourra également lui permettre de se détacher de Bruno qui, elle doit l'avouer, l'attire dangereusement, au point qu'elle appréhende de succomber à son magnétisme.

– Je ne peux pas rater cette occasion et, de toute façon, le curateur du musée ne me laisse pas le choix. Il faut que j'y aille, dit-elle à Bruno.

– Célia, tu n'as pas écouté ce que j'ai dit. Moi aussi, je pense que cette expérience est extraordinaire pour ta carrière, c'est évident que tu dois partir. Mais trois mois de séparation, c'est long. Le journal me doit des vacances. Je pourrais prendre huit semaines de congé sans problème. Pourquoi ne pas profiter de l'occasion pour faire un reportage ? Je suis certain que le rédacteur en chef serait intéressé par un papier sur les enjeux politiques, sociaux et même touristiques de Madagascar, surtout dans la perspective de l'exposition du musée.

– Mais Bruno, un projet comme celui-là va entièrement m'accaparer. Quand je fais des recherches, je ne veux pas être dérangée. Non, ce n'est pas la peine d'insister, je ne changerai pas d'idée.

– Pourquoi ? Tu désires que ça se termine entre toi et moi ?

– C'est juste une question de *timing*. On a vécu une belle histoire, toi et moi, on s'entend bien, alors pourquoi ne pas s'arrêter avant que ça se gâche ?

– Et pourquoi ça se gâcherait ? Donne-moi une seule bonne raison, Célia. Dis-toi que je n'ai pas l'intention de m'effacer comme les autres l'ont fait avant moi. Je ne m'appelle pas Charles, moi. Tu m'as assez parlé de lui pour que j'comprenne ce qui s'est passé entre vous deux. Je suis dans ta vie et je compte bien y rester. Et puis, me semble qu'il serait temps que tu changes ton fusil d'épaule en ce qui concerne tes relations amoureuses, non ?

– Écoute, on verra ça à mon retour, OK ? Je pars dans deux semaines et je voudrais qu'on passe ce temps-là sans parler d'avenir. Viens, prends-moi dans tes bras, j'ai envie de toi.

Bruno n'avait pas ramené le sujet sur le tapis. Soulagée mais quelque peu vexée de s'en sortir à si bon compte, Célia avait vécu les derniers jours dans la frénésie des préparations. Les amants se retrouvaient en soirée avec une fougue attisée par leur séparation imminente. À l'aéroport, Bruno avait serré sa maîtresse contre lui, et celle-ci avait dû faire un effort pour ne pas pleurer. Une fois en vol, elle s'était pourtant laissé aller, surprise par l'intensité de son chagrin. Leur aventure avait duré trop longtemps, et elle avait manqué de vigilance. Blessée dans son orgueil, la jeune femme devait également s'avouer que Bruno avait montré fort peu de résistance à l'idée qu'elle parte seule, lui qui se disait si amoureux. Elle avait fait preuve de faiblesse, avait laissé tomber ses défenses et en payait maintenant le prix.

○

L'avion amorce sa descente. Antananarivo, la ville rouge, entourée de ses douze collines sacrées, se découpe sur un ciel bleu saisissant. Le vert tendre des rizières disposées en terrasses confère au paysage luxuriance et douceur. À l'aéroport d'Ivato, le curateur du musée d'art et d'archéologie l'attend. Mince, pas très grand, une couleur de peau à faire rêver, les cheveux épais, noirs et lisses, un sourire brillant, Patrice Rabearivelo est on ne peut plus séduisant. Qui sait, peut-être que Célia aura moins de mal que prévu à chasser Bruno de son cœur.

Dès son arrivée, et sur les conseils de Patrice, elle entame des lectures sur l'art funéraire malgache. Dans cet étrange pays à la culture si particulière, elle apprend que les vivants sortent les morts de leur tombeau pour les distraire, les retournent tendrement plusieurs fois sur eux-mêmes, les promènent dans le village, puis les remettent dans leur caveau. Madagascar, lui dit Patrice, est surnommée l'île des Ancêtres, tant l'influence des morts sur les vivants est considérable.

– Pour nous, la mort marque le passage du rang d'humain à celui d'ancêtre, de *razana*. Un Malgache n'ose rien entreprendre sans avoir obtenu l'accord préalable des anciens et demandé leur bénédiction. Bien que ces derniers soient invisibles, ils font partie de notre vie de tous les jours.

– Pratiques-tu, toi aussi, le culte des ancêtres ?

– Bien sûr. Toute notre culture est fondée sur cette philosophie du *fihavanana* : le respect de la famille, l'altruisme, la tolérance et la protection des anciens. C'est une forme de continuité, tu comprends ? Nous veillons les uns sur les autres dans la vie comme dans la mort. La terre où sont inhumés nos défunts est considérée comme sacrée. Chaque tombeau est surmonté de monuments dont l'importance et le décor varient selon les ethnies. Tu verras comme les poteaux funéraires du sud, sculptés dans le bois et qu'on appelle *aloalo*, sont magnifiques.

Mais assez parlé des morts, allons manger, je meurs de faim !

Patrice la conduit dans sa famille. En son honneur, la mère de son confrère leur a cuisiné un *romazave*, mets national par excellence préparé avec de la viande de zébu et des herbes qui engourdissent la langue. Un vrai délice.

○

La semaine suivante, les deux collègues prennent la route vers le sud de l'île. Pour Célia, c'est l'occasion de faire l'expérience de son premier taxi-brousse. Sans compter les poules et les bagages sur le toit, neuf adultes et deux enfants s'entassent dans une Renault familiale. Heureusement, Patrice lui a réservé la place de choix, celle juste à côté du chauffeur.

Le long parcours vers Toliary est éprouvant tant pour le moral et l'endurance physique que pour la mécanique de la voiture. Une panne à mi-chemin, réparée par le chauffeur-mécano, un enlisement dans la boue, où les passagers doivent descendre pour pousser, tirer et soulever le véhicule, marquent ce trajet de presque vingt-quatre heures. Le voyage a soumis Célia à des contraintes routières qu'elle n'aurait pu imaginer, elle qui est habituée à des moyens de transport confortables. Sous la douche, la couleur de l'eau tourne au rouge tant la poussière de Madagascar s'est incrustée dans sa peau.

Une heure plus tard, Patrice la rejoint dans sa chambre. Elle ne dit pas non. Son exotisme et sa gentillesse n'arrivent cependant pas à effacer l'empreinte de Bruno. Les jours suivants, elle se plonge dans le travail pour oublier à quel point cet homme lui manque.

○

Madagascar enchante par sa beauté, semblable à nulle autre. Au sud-ouest de l'île, sur la côte enchanteresse du Capricorne, Célia découvre d'immenses plages de sable, s'amuse à observer lémurs et zébus, s'extasie devant la variété des orchidées. Les baobabs n'en finissent pas de l'intriguer. Patrice lui raconte alors la légende de cet arbre insolite.

– Alors que Dieu achevait la création des végétaux, il aurait choisi de terminer son œuvre en donnant naissance à une plante majestueuse qui aurait été l'ancêtre du baobab. Cet arbre devint un tel monstre d'orgueil que, pour le ramener à plus d'humilité, Dieu l'arracha et le replanta à l'envers. Voilà pourquoi, toujours selon cette fable, ce végétal possède un tronc allongé et gonflé d'eau, tout en se prolongeant dans le ciel par ses racines. En malgache, le mot baobab signifie « mère de la forêt ».

○

Assise sur la plage de Toliary, surnommée la blanche à cause de son soleil implacable, la jeune femme contemple le canal du Mozambique. Bercée par les vagues, elle a vraiment l'impression d'être au bout du monde. Une pirogue à chaland attire son attention, des pêcheurs reviennent du large, une brise sensuelle la caresse. Que c'est beau ! Une ombre se dessine sur le sable. Surprise, elle se retourne et sursaute.

– Bruno, mais qu'est-ce que tu fais là ?

– Je viens te retrouver, Célia, et faire mon reportage. Le rédacteur en chef a été enthousiasmé par mon idée, surtout quand je lui ai dit que je ferais cet article pendant mes vacances.

– Depuis quand es-tu là ?

– Hier soir. Entre nous, ton patron a trouvé ça pas mal romantique que je traverse la moitié du globe pour être avec toi. Tu ne m'embrasses pas ?

Célia voudrait paraître irritée, mais son cœur bat trop vite. Elle se laisse donc enlacer, ressent l'odeur et la solidité de cet homme qu'elle pensait avoir quitté pour de bon, goûte à une joie qu'elle n'a jamais éprouvée avant aujourd'hui : celle des retrouvailles.

Le reste du séjour se passe on ne peut mieux. Le jour, chacun travaille à ses projets, alors que le soir réunit les amoureux, qui respirent au rythme du *mora-mora,* cette cadence propre à la culture malgache, où prendre son temps est la règle. Fabuleuse île, fabuleuse population, fabuleux paysage, faune mystérieuse, plages de rêve, Madagascar bouleverse, Madagascar envoûte !

La jeune femme poursuit ses recherches, et Patrice l'accompagne dans tous ses déplacements. Leur relation se limite maintenant au travail, car il a vite compris l'importance de ce Bruno dans la vie de sa collègue. De toute manière, son attirance pour l'étrangère n'était, comme pour elle, qu'une délicieuse aventure.

○

Contrairement à ce que Célia a observé au nord de la Grande île, il n'existe pas de cimetières sur la corne du Capricorne. Les tombeaux érigés ici et là dans le paysage ou le long des routes sont ornés de bucranes, têtes de zébus décharnées sur un lit de cornes d'animaux, et se distinguent par des *aloalo,* sorte de poteaux funéraires d'une grande beauté. Décorées de motifs géométriques ou de dessins naïfs aux couleurs vives, plusieurs de ces sculptures ont été pillées par des touristes sans scrupules. Celles qui restent, richement façonnées, sont de véritables mausolées pouvant atteindre jusqu'à quinze mètres de largeur.

Dans l'arrière-pays, Célia visite les tombes *Sakalava* et *Vezo*, y admire enfin les fameuses statuettes érotiques aujourd'hui protégées, mais toujours sujettes à débat. Car l'énigme est entière : ces statues auraient-elles été sculptées pour donner aux défunts un peu de bon temps ou, plus philosophiquement, représenteraient-elles la pérennité du flux vital ?

Quant aux amants, ils n'ont aucun problème de flux vital. Dès qu'ils se retrouvent, ils n'en finissent pas de faire l'amour. Avant de regagner la capitale, puis de retourner au Canada, ils décident de passer la dernière semaine à Morondava. Célia a terminé ses recherches, mais Bruno veut visiter la fameuse allée des baobabs, classée aire protégée et monument naturel. Selon Patrice, impossible de faire un article sur la faune et la flore du pays sans aller s'y promener.

○

Par un coucher de soleil à faire pleurer de bonheur, au pied d'un majestueux baobab, Bruno offre à Célia une alliance sertie d'un saphir de Madagascar et lui demande de l'épouser. Celle-ci cache son émotion derrière un éclat de rire.

– Mon Dieu, Bruno, je ne te savais pas aussi romantique !

– J'ai sorti tout mon arsenal de séduction pour te convaincre. Tu n'as pas été une conquête facile, ma chérie. Alors qu'est-ce que tu en dis ?

Célia contemple le ciel en flammes à travers ces arbres sacrés, arbres à palabres, symboles de continuité. Pourquoi ne pas succomber ? N'a-t-elle pas assez bourlingué d'homme en homme ?

– Ça serait pour quand, ce mariage-là ?

– Je n'ai pas bien entendu, Célia, est-ce que t'as dit oui ?

– Je suppose que je ne l'ai pas encore dit… OK, c'est oui.

Comme dans un film, Bruno lui glisse la bague au doigt.

– J'espérais que tu dises oui et, dans ton dos je m'en confesse, j'ai tout arrangé. On a rendez-vous à la mairie, demain matin.

– Tu en as du front !

Pourtant, elle ne peut s'empêcher de rajouter :

– Je t'aime, Bruno, j'ai envie de passer ma vie avec toi. Je n'aurais jamais pensé faire un tel aveu à un homme, un jour !

– Que veux-tu, faut croire que je suis irrésistible !

○

Le lendemain, au réveil, Célia sourit avant même d'ouvrir les yeux. Bruno est sorti. Il est probablement allé faire son jogging matinal, à moins qu'il ne lui prépare une autre de ses délicieuses surprises. Elle se lève, va à la fenêtre, contemple cette belle journée de soleil qui s'étire à l'horizon. Une enveloppe, posée bien en évidence sur le bureau, attire son attention. Elle l'ouvre en souriant. Qu'est-ce que Bruno a bien pu concocter cette fois-ci ? À l'intérieur, un seul feuillet écrit à la main :

Célia,

Charles était mon meilleur ami. Il ne s'est jamais remis de votre rupture et s'est enlevé la vie quelques mois plus tard. Sans te connaître, je t'ai profondément détestée et j'ai décidé de le venger. Tu es belle, vive, intelligente, mais je ne t'aime pas. Quand tu liras ces lignes, je serai sur le chemin du retour. Il n'y aura pas de mariage, mais tu peux garder la bague.

Bruno

○

Dans l'avion qui la ramène au Canada, Célia n'arrive pas à fermer l'œil. Comment a-t-elle pu laisser tomber toutes ses défenses jusqu'à se faire prendre à un tel piège et accepter une demande en mariage ? Ah, Bruno l'a bien eue ! Pourtant, elle est certaine que ce dernier éprouve à son égard plus qu'il ne l'a laissé paraître dans sa lettre de rupture ou par son départ précipité. Elle les connaît, les hommes : celui-là était réellement amoureux, elle en mettrait sa main au feu. D'ailleurs, elle va le relancer.

L'avion vole maintenant au-dessus de l'Atlantique et Célia, qui regarde par le hublot, éprouve une envie démesurée d'aller s'asseoir sur l'aile du Boeing. Tout est si beau à l'extérieur, insondable, gigantesque. À l'apogée de sa rondeur et de sa beauté, presque trop grosse pour être crédible, la pleine lune d'octobre accompagne les passagers et veille sur eux. Pas besoin de lever la tête ni même le regard pour l'apercevoir, et cette fausse proximité a quelque chose de troublant. L'altitude ajoute à la pureté de l'astre, à son pouvoir ; cette luminosité opalescente imprègne l'obscurité de tous les possibles.

Lune d'octobre, celle du chasseur, mais celle aussi du sang. Un besoin instinctif de conquête se réveille en Célia.

Séduire, conquérir sont pour elle aussi naturels que respirer. Peut-on chasser sans piéger ? Sans braconner ? Sans verser de sang ? Les flèches de Cupidon peuvent être fatales, laisser des blessures qui ne guérissent jamais, elle est bien placée pour le savoir. Mais elle n'a jamais été perdante en amour, pourquoi le serait-elle aujourd'hui ? Non, elle n'a pas dit son dernier mot : elle va reconquérir Bruno.

Telle Diane, déesse de la chasse et de la lune dans la mythologie romaine, Célia canalise en elle le pouvoir de l'astre, pose son front de chasseresse sur la vitre du hublot. Reliée à ce corps sélène par un long cordon ombilical, elle se laisse capter par sa magie. Ne sont-elles pas, l'une et l'autre, des nomades du même univers ? Quel satellite fastueux dont la présence ponctue le ciel de son cycle immuable depuis la nuit des temps ! Satellite aux multiples visages, satellite aux mystères insondables !

Célia sourit. La saison de la chasse vient de commencer.

11

Novembre

À double tour

PASSÉ, présent et futur se bousculent tout au long du trajet. Comme c'est long ! Elle a bien essayé d'admirer le paysage, mais l'autoroute offre peu de distractions. Et puis, ne voyage-t-elle pas autant dans sa tête que sur l'asphalte ? Plusieurs questions restent encore sans réponse, tellement de pourquoi n'ont pas trouvé d'explication, tant de mois à venir seront gangrenés par l'incertitude et l'anxiété.

Il lui faut trois heures pour se rendre au centre de détention, trois heures d'inquiétude, de tristesse, d'impatience aussi. Quelles paroles trouvera-t-elle pour le réconforter ? Aura-t-il la même apparence ? Comment sera son moral, sa santé ? L'incarcération marque au fer rouge, laisse des traces indélébiles, c'est inévitable.

Oui, il est coupable, elle le sait. Il l'a tout de suite avoué, et les preuves contre lui sont accablantes. Lorsqu'on l'a informée de ce qui s'était passé, elle a été assommée, incapable d'y croire. Les jours suivants ont été un cauchemar. Elle a cru y laisser sa peau. Pouvait-elle sombrer alors qu'il avait désespérément besoin de chaleur, de compassion et d'amour ? Elle n'a pas hésité un instant à piétiner sa peine pour le rejoindre dans sa désolation.

Plus déterminée que jamais, elle pèse sur l'accélérateur. Quoi qu'il arrive, elle ne l'abandonnera pas à son sort.

Par peur d'être en retard, elle est partie tôt, de sorte qu'elle pénètre dans l'enceinte du pénitencier bien avant le moment des visites. La traversée de Montréal, avec la circulation dense et les travaux forçant les automobilistes à de multiples détours, est imprévisible. Mieux vaut arriver avant l'heure que trop tard. Elle patiente dans le stationnement de la prison, souhaite et appréhende à la fois le moment où elle pourra enfin se présenter.

○

Elle n'en est pas à sa première visite et connaît la routine. À la réception, le gardien lui ouvre la porte. Elle prend un numéro, entre dans la pièce vitrée où d'autres personnes attendent aussi. Le regard fixe, elle s'assoit parmi ces étrangers.

Son cœur bat la chamade, sonne l'alarme, piaffe, cogne, claque comme les portes de métal autour d'elle qui, une à une, la barricadent. Omniprésents et armés, les gardes semblent faits du même matériau : le fer. Un fer qui verrouille, cadenasse et en*fer*me. Déchirés, ses yeux s'accrochent aux morsures des barbelés qu'elle peut apercevoir de l'autre côté de l'unique fenêtre.

Au début, elle ne remarque personne, glisse autour de la pièce un coup d'œil évasif, un peu comme si elle se retrouvait là sans y être. Un bébé se met à pleurer. Elle lève les yeux ; une très jeune femme le prend dans ses bras pour le consoler, lui parle de son papa à voix basse, presque en chuchotant, lui donne un biberon. Juste à côté, un homme réconforte sa compagne, qui verse des larmes en silence. Moulée dans des vêtements ultra-serrés, une autre jeune femme, visiblement fébrile, retouche son maquillage, tire sur sa jupe, consulte sa montre. Un vieil homme fait des mots croisés.

Certains visiteurs échangent des bribes de confidences, esquissent à l'intention de leur voisin des demi-sourires de connivence, puis baissent la tête lorsque les mots ne viennent plus ; d'autres picorent avidement la moindre miette de sympathie, tels des pigeons affamés qui se jettent sur des rognures de pain sec. Ici, les classes sociales sont abolies, l'individu ne clame rien, ne s'affirme surtout pas, longe les murs et rampe comme un ver. Ici, on attend son tour dans une cage vitrée, un chiffre à la main.

Toutes les chaises sont occupées. Si on compte l'enfant, ils sont neuf, résignés mais impatients, à attendre l'heure de la visite.

○

Le gardien les convoque à tour de rôle. À l'appel de son numéro, elle se lève, présente son bout de papier, précise l'identité du détenu qu'elle vient voir, remet sa carte d'assurance-maladie et son permis de conduire, vide ses poches, enlève sa montre et ses lunettes, les dépose dans le panier, passe docilement sous l'arc magnétique du détecteur, reprend ses effets personnels de l'autre côté. Comme dans un aéroport sans avion. Une salle de départ sans partance.

Inscrite au registre des visites, puis fouillée à nouveau, la boucle de sa ceinture ayant déclenché l'alarme, elle se sent mise à nu. Pourtant, il ne s'agit là que d'une fouille régulière et sans incident. Elle la ressent néanmoins comme une atteinte à sa personne. C'est sans doute l'endroit qui crée cette perception de détresse. N'est-ce pas ce que les détenus doivent vivre *en dedans*, jour après jour, semaine après semaine, des mois et des années durant ?

Identifications et perquisitions terminées, elle franchit la barrière, traverse une cour intérieure entre deux édifices entourée d'une immense clôture, pénètre dans une pièce aux murs couleur de vomi, la peinture écaillée à certains endroits. Ici, la compassion se heurte une fois de plus à la dureté du fer, de l'acier, du ciment ; l'âme se blesse à l'hostilité des barreaux, des serrures, se mutile aux barbelés déchireurs de ciel et d'espérance. L'œil des caméras enregistre le moindre geste, absorbe sans pudeur la désolation et la souffrance. Point de fenêtre, point de soleil. La lumière froide et impitoyable des néons ignore la nuance ou l'illusion, méprise le jour comme la nuit. Ici, les rêves suffoquent, la vie s'étiole. Ici, il n'y a pas de coucher de soleil, la brise ne caresse personne, nulle fleur ne pousse. L'humain est dépouillé.

Elle passe un deuxième contrôle, consigne le nom et le numéro du détenu dans un autre registre, y inscrit son propre nom et son heure d'arrivée. Puis, le gardien lui assigne un isoloir. Elle s'y rend et s'assoit sur un tabouret vissé au plancher. Encore attendre.

De chaque côté de cet isoloir, les murs sont en fer. Devant elle, une vitre en plexiglas, percée de petits trous dans le bas : pour la conversation. Derrière elle, les geôliers font le guet. Les visiteurs patientent, le dos rond, la tête baissée ou le regard dans le vide, chacun bien assis dans son espace sur un siège inextirpable. Les cabines s'alignent sur deux rangées parallèles de sorte que les personnes assignées dans la rangée aux numéros pairs font face aux visiteurs de la rangée impaire. Entre eux, en plein centre comme dans une arène désertée, un grand espace pour ceux qu'on attend.

Elle pense à tout ce qu'elle veut lui dire, espère ne rien oublier. Les minutes passent, grugeant du temps précieux sur une visite déjà courte. Elle sursaute, des clefs jouent dans la serrure d'une lourde porte de métal qui s'ouvre en grinçant. Les voilà : pères, fils, maris, frères. Tels des chevaux domestiqués, ils se dirigent vers la stalle où ils reconnaissent le visage qui leur sourit, sans doute un des rares baumes encore possibles dans cet endroit.

○

La mère aperçoit son fils la première, se rappelle les moments où il revenait de l'école, descendait de l'autobus scolaire, lui sautait dans les bras en laissant tomber son sac à dos, heureux de se retrouver à la maison. Aujourd'hui, il s'assoit de l'autre côté du plexiglas sur un tabouret en fer semblable au sien. Tous les deux se regardent, s'analysent.

– Tu vas bien ? lui demande-t-il.

– Tu vas bien ? répond-elle.

– Oui.

– Oui.

Elle, qui s'était promis de ne pas pleurer, sent les larmes lui monter aux yeux.

– Tu ne t'habitues pas, glisse-t-il avec tendresse.

– Non.

Son fils est emprisonné. L'enfant qu'elle aime plus que tout au monde, qu'elle a porté en elle bien à l'abri des dangers, se trouve maintenant en enfer. Mais ce n'est pas le moment de pleurer. Rapidement, elle sèche ses larmes, se penche à la hauteur des trous pour lui parler. Ils échangent des informations qui leur paraissent importantes, se racontent des anecdotes farfelues, de tout petits riens pour alléger l'atmosphère. Elle lui donne des nouvelles de la famille, des amis ; il lui parle de ses journées, des autres détenus, de son quotidien. Ils discutent aussi de ce qui a pu le mener là. Pour comprendre, pour guérir. Ils relatent ensemble des péripéties de leur vie qui les font rire, bavardent de ce qui se trafique en dedans et de ce qui se passe au dehors.

Pendant leur échange, elle scrute son visage, note les cernes sous les yeux ; elle jauge son poids, remarque les muscles de ses bras, mesure sa détermination à s'en sortir, lui trouve une force qu'elle admire. Oui, qu'elle admire. Même ici. Surtout ici. Même après ce qui s'est passé. Surtout après ce qui s'est passé. Un haut-parleur annonce que la visite est terminée.

Une fois de plus, la rencontre leur a paru trop courte. Ils doivent se quitter et retourner à leur monde respectif. Sans qu'elle puisse l'embrasser. Cela fait maintenant plus de deux ans qu'elle n'a pas pris son enfant dans ses bras, ne l'a pas touché, n'a pas senti l'odeur et la chaleur réconfortante de son unique fils. Mais ce ne sera pas encore pour aujourd'hui. Pour quand ? Elle l'ignore, ne veut pas y penser.

D'un même mouvement, ils se lèvent, se regardent intensément une dernière fois. Timidement, le fils place sa main ouverte en étoile sur le plexiglas et la mère y dépose la sienne en vis-à-vis. Leurs mains, qui s'unissent sans vraiment se toucher, sont une première clef qu'il va garder dans son cœur jusqu'à la prochaine visite. Discrètement, dans un regard chargé d'amour, elle lui glisse une deuxième clef, puis une troisième par un sourire qu'elle remplit à ras bord d'espoir et d'encouragement.

– Téléphone-moi, ce soir, lui dit-elle.

Et voilà une clef de plus à joindre au trousseau ! Enfin la cinquième, mais non la moins précieuse, dans ce baiser qu'elle lui souffle du bout des doigts avant de partir.

○

La visite terminée, elle traverse en sens inverse les mêmes pièces lugubres, retourne vers la sortie, reprend son permis de conduire et sa carte d'assurance-maladie, attend que le garde lui ouvre la porte.

À l'extérieur, les morsures de la liberté lui brûlent la peau. Il fait déjà nuit, le fond de l'air est froid, et la mère a l'impression d'entendre gémir la lune qui se lève à l'horizon. Pleine lune de novembre, ronde de souffrances, enceinte de toutes les solitudes de la terre, astre pourtant mort. Dans les arbres, le vent siffle, persifle et appelle au secours. Le hululement caverneux d'une chouette, cet oiseau qui se lève au crépuscule alors que tous les autres s'endorment, se fait entendre, caché dans les ténèbres, là où l'oubli est impossible.

La lune domine la noirceur ambiante. Son disque, aussi rond que l'œil de la chouette, force l'individu à s'arrêter, lui intime de regarder autour de lui, mais surtout en lui, enfante le trajet qui le conduira de l'obscurité vers la lumière, de l'internement à la libération.

L'immense roue de l'Univers tourne éternellement, les cycles engendrent les cycles, la mort porte en elle la résurrection. Les yeux suspendus à cette lune pleine de peine, la mère respire longuement, expire en fermant les yeux, monte dans sa voiture et quitte le centre de détention pour reprendre, en sens inverse, la route qui la ramènera chez elle.

Au même moment, le fils retourne en cellule. Prisonnier d'une lumière de néons, il lui est impossible d'admirer l'astre qui se hisse dans le ciel. En revanche, le passage de sa mère a confirmé l'espoir qu'il porte au plus profond de son être : il va s'en sortir, s'amender, se racheter.

Enfermé à double tour, il porte un trousseau de clefs dans son cœur.

12

Décembre

La ligne de démarcation

Le ciel azurait les champs, découpait les arbres en d'innombrables morceaux de sucre aux formes hétéroclites. S'il avait neigé à gros flocons depuis deux jours, le ciel s'était dégagé pendant la nuit et la température avait chuté à moins 35°. En cette fin d'après-midi de décembre, la nature donnait l'impression de s'être statufiée, engoncée dans un mauvais silence. Elsa roulait sur la 417 le souffle court, les yeux fixés sur l'horizon. Une heure plus tôt, elle avait reçu un appel de sa mère : son père avait été foudroyé par une crise cardiaque et les médecins ne savaient pas s'il allait s'en sortir. Elle était partie sur-le-champ.

Soulagée que la tempête soit terminée, espérant ne pas arriver trop tard, elle fonçait vers Montréal. Des images se profilaient dans sa tête, des réminiscences de son père sur cette même autoroute, qu'il avait tant de fois parcourue en sens inverse avec sa femme. Vingt-six années d'allers-retours entre Montréal et Gatineau pour venir voir leur fille, sarcler le jardin, regarder grandir leurs petits-enfants et les gâter. Un père aux yeux bleus comme ce ciel d'hiver, au rire engageant et à la gourmandise reconnue. Les souvenirs bombardaient la jeune femme, ressuscitaient en elle des anecdotes oubliées, lui rappelaient surtout la place unique que cet homme plus grand que nature avait en permanence occupée dans son cœur.

La nuit était maintenant tombée et les phares de la voiture creusaient leur chemin dans une noirceur à n'en plus finir. Impatiente, Elsa appuya sur l'accélérateur.

J'arrive, papa, attends-moi!

La voie était nette, le chasse-neige avait dégagé la surface jusqu'à l'asphalte. Dénudée, la chaussée devenait plus propice à un brusque regel. En bordure de la voie, des panneaux de signalisation avertissaient les automobilistes des possibles dérapages et de la présence de chevreuils ou d'orignaux qui, le soir venu, traversaient la route, se figeaient devant les phares des voitures, causaient des collisions souvent fatales.

Elsa fit quelques exercices de respiration, puis décida d'allumer la radio pour se changer les idées. Comme elle tendait le bras et poussait sur le bouton, la voiture glissa sur une plaque de glace noire. La conductrice ne put corriger sa trajectoire et perdit le contrôle. Incrédule devant ce qui lui arrivait si subitement, la jeune femme vécut la scène en spectatrice, comme détachée de l'événement.

Une éternité parut s'écouler entre l'instant où l'auto bifurqua, glissa sur la voie de gauche, prit son envol, tourna sur elle-même et s'enfonça, toiture première, dans deux mètres de neige. Une éternité pendant laquelle elle pensa:

– Non, pas tout de suite, je ne suis pas prête.

Un bruit sourd succéda à cette pensée: l'impact de la voiture qui s'enfonçait sous la neige et l'enterrait vivante.

○

Dans les moments qui suivirent, Elsa ne vit rien, ne sentit rien, aucune pensée ne traversa son esprit. Telle une éclipse, une profonde noirceur enveloppa le blanc de la neige. Absence totale de repères. L'obscurité ambiante la projeta à l'intérieur d'elle-même, de sorte qu'elle se retrouva tout entière dans sa tête. Elle se déplaçait dans son cerveau, contournait lobes et membranes, glissait allègrement entre les sutures de son crâne.

Aérienne et fluide, elle n'était plus que le principe de sa propre conscience. Alors qu'elle se préparait à traverser les os qui s'étaient formés sur la membraneuse fontanelle de jadis, elle comprit ce qui se passait, fit une pause, hésita, ressentit une grande tristesse à devoir quitter son corps. Ce dernier lui avait toujours donné l'heure juste et elle s'y était attachée. Au cours des années, des êtres qu'elle avait profondément aimés l'avaient quittée. Était-ce maintenant son tour de déclarer forfait ? D'abandonner ce corps sur le siège avant de la voiture comme un vieux vêtement qui ne servira plus ? Il lui sembla seulement que son esprit se détachait en vertu d'un pouvoir qui ne lui appartenait plus. Elsa prit un élan et, sans plus réfléchir, sortit de sa tête.

○

Une fois libéré, l'esprit flotta vers le haut, traversa la carcasse de la voiture, creusa un tunnel pour sortir du blanc tombeau dans lequel le corps restait enseveli, continua son ascension jusqu'à l'embouchure d'une route interminable. Elsa sut, sans le moindre doute, qu'elle était en train de mourir. Dégagée de son enveloppe charnelle, elle n'avait pourtant rien perdu de son identité, se sentait encore la même. Elle était Elsa l'âme, souffle conscient évadé de son corps. Prudemment, son esprit avançait sur la voie de l'éternité. Dans cette nouvelle atmosphère de lumière, elle se sentait étrangement en paix. Des orbes électriques circulaient en tous sens, un amour incommensurable l'attirait.

Le passage des années vint ensuite l'assaillir sous forme de souvenirs anodins, d'images intenses, de sentiments décuplés. Elle passa à différents niveaux de conscience sans s'y attacher très longtemps, sauta d'un âge à l'autre. Elle se revit à deux ans dans un carré de sable, son chien veillant sur l'enfant qu'elle était, ressentit simultanément la douceur du pyjama blanc à pommes rouges porté une veille de Noël, reconnut avec attendrissement la petite fille qui voulait si bien faire, l'adolescente qui s'était donnée comme mission de faire rire ses amis ; elle redevint invincible, suspendue aux fils de son parapente, revécut son rocambolesque atterrissage à Bombay, les nuits torrides de Birmanie, les routes animées du Vietnam, se remémora même certains amants qui lui avaient brisé le cœur. Enfin, le plus beau, la naissance de ses enfants, le blond et la brunette. Puis le pire, la mort de sa fille. Allait-elle maintenant la revoir ? Était-elle prête à quitter son fils ? Cette fantasmagorie la secoua. Subitement, elle s'arrêta, se retourna, osa regarder la scène de l'accident.

○

À la suite du tonneau effectué par la voiture, seules les roues émergeaient de la neige dans une sorte de fossé mitoyen qui séparait les quatre voies de l'autoroute. Quelques véhicules s'étaient arrêtés sur l'accotement. Des curieux observaient la tragédie, entre le scintillement des feux rouges et bleus de la voiture de police et ceux de l'ambulance. Du côté gauche de son véhicule enseveli, on avait creusé un tunnel. Était-ce le même passage que son esprit avait tout à l'heure emprunté ? Elle se joignit aux témoins pour mieux voir ce qui se passait.

– Elle ne s'en sortira pas, dit le conducteur du poids lourd.

– Je pense qu'elle respire encore, ajouta une femme.

Elsa vit son corps, translucide et bleuté, allongé sur la chaussée. Un ambulancier emprisonnait son cou dans une minerve, un autre s'activait à la réanimer. Un agent redirigeait la circulation. Tout à coup, la scène l'ennuya terriblement. Elle détourna les yeux comme elle le faisait habituellement lorsqu'il lui arrivait de dépasser un accident de la route. Tout de suite, elle se sentit soulagée et vit là un signe : elle en avait fini avec *l'en-bas*.

○

Son esprit retourna vers la lumière, fit face au nord de *l'au-delà*, au boréal et à ses aurores opalescentes. À l'est du surnaturel, des montagnes tapissées d'érables rouges et de grands pins verts allumaient le paysage. Sous ses pieds coulait une rivière couverte d'écume blanche, enrubannée de bancs de sable et de coquillages innombrables. Il aurait suffi que cet esprit se retourne une fois de plus pour apercevoir les paysages du sud, ceux qu'elle venait de délaisser. Comme Elsa ne voulait plus redescendre sur terre, elle se tourna vers l'ouest : des jardins hébergeant d'innombrables variétés de fleurs l'invitaient à s'enivrer de leur parfum, à sentir la texture de la terre entre ses doigts. Elle allait bifurquer vers eux, lorsqu'elle s'aperçut qu'un rocher lui bloquait la route. Il n'était pas très haut, mais le sentier avait rétréci à un point tel qu'il lui fallait l'escalader pour voir de l'autre côté. Elle comprit alors que cette masse de pierre marquait la ligne de démarcation entre la vie et la mort. Une fois cette frontière franchie, elle ne pourrait plus revenir en arrière, son identité allait se fondre à la Toute-Conscience de l'Univers. Ce qui s'étendait devant elle à l'infini serait l'amorce d'une autre histoire.

Lointaines comme des planètes estompées, des présences indéfinissables s'affairaient à des années-lumière, alors qu'à côté d'elle, des bulles suspendues comme de minces voiles sphériques se promenaient dans une transparence laiteuse. Par instants, un frémissement d'une teinte un peu plus prononcée lui faisait comprendre qu'une âme palpitait dans les parages. C'est à ce moment qu'elle perçut l'âme de sa fille. Il n'en fallait pas plus. Transfigurée, elle se prépara à rejoindre l'éther que sa petite habitait.

Comme elle allait de l'avant, Elsa sentit que la faculté de bouger l'avait complètement abandonnée, puis elle entendit la voix de son père. Au même instant, la silhouette de ce dernier se profila devant ses yeux. Il s'approcha, devint visible et tendit le bras. Son regard était à la fois triste et déterminé.

– Ma belle eau vive !

– Papa ? Qu'est-ce que tu fais là ?

– Je suis venu retrouver ta petite, ma chérie. Nous venons de nous entendre, elle et moi, ce n'est pas l'heure pour toi de traverser, retourne à ton fils, à ta mère, à tes occupations. Continue ta vie.

Elsa comprit, et de manière absolue, que son père avait rendu l'âme. Avant de s'en aller à jamais, il avait une dernière fois pris la route qu'il connaissait si bien pour venir rencontrer sa fille à mi-chemin. Il tendit la main et toucha sa joue. Ce contact coïncida avec un cri qui s'échappa de l'au-delà, l'esprit d'Elsa déchira les ténèbres, traversa le mur du son, réintégra ce corps qu'il avait délaissé quelques instants plus tôt. L'étrange froidure se retira peu à peu des jambes et des bras de la jeune femme, sa respiration se fit plus régulière : la mort s'éloignait sans réclamer son dû.

○

Elsa reprend conscience. Un goût de sang sur la langue, des douleurs lancinantes dans les jambes attestent sa lucidité. Allongée sur une civière, elle a la tête emprisonnée dans un carcan, un ambulancier la rassure.

– Vous avez eu un accident, sur l'autoroute.

– Oui.

– Vous vous en rappelez ?

– Un peu.

– Vous pouvez me dire votre nom ?

– Elsa. Elsa Tremblay.

– Bien, très bien ! Vous reprenez connaissance, c'est bon signe. Nous allons mettre la civière dans l'ambulance et vous conduire à l'hôpital. Tout va bien se passer, ne vous inquiétez pas.

Pendant qu'on s'affaire autour d'elle, Elsa lève les yeux vers le ciel. Apparemment innocente, la lune tombe des nues, irradie une froide et dédaigneuse majesté. Pour les anciens Inuits, l'astre des ténèbres agissait comme un énorme disque de glace. Si le soleil n'arrivait pas à se lever pendant plusieurs mois, c'était, selon eux, que la froidure de cet immense galet appesantissait l'astre du jour à un point tel qu'il lui était impossible de se lever.

Lune de décembre, celle des longues nuits, lune au seuil du solstice d'hiver, source de célébrations païennes ou religieuses à travers le monde entier : Noël, Hanoukka, Kwanza, Saturnales. Ce temps de l'année favorise le retournement de situations intenables et permet d'aspirer à des jours meilleurs. Ce solstice annonce l'achèvement de la grande noirceur, le retour progressif de la lumière, le début d'une année nouvelle.

N'est-il pas ironique que ce soit en regardant cette planète morte, cet astre en voie de disparition, qu'Elsa revienne ce soir à la vie ? Combien de temps son esprit s'est-il absenté ? Elle ne saurait le dire. Pourtant, durant ce court voyage astral, elle a le sentiment d'avoir fait peau neuve. Son pouvoir d'aimer s'est décuplé. Dans un dernier et tendre adieu, son père l'a renvoyée sur terre. Elle est en vie. C'est de cet amour qu'elle veut maintenant témoigner.

La sirène de l'ambulance disperse son hurlement dans l'obscurité de la nuit.

Avant réécriture, « La ligne de démarcation » a déjà été publiée sous le titre « Bifurcation » dans le collectif *Le Tunnel*, Vermillon, 2007.

13

La lune bleue

Chasseur de silence

Accroché à la chevelure d'une comète, Soliman s'amusait à détailler la mécanique d'une éclipse solaire. Fasciné, il ne prêta aucune attention à cet escroc de hasard qui fouinait dans les parages à la recherche de sa proie. Ce brigand profita de la distraction de sa victime pour lui prélever l'infime parcelle d'énergie dont il avait besoin, l'insuffla illico dans une cellule. Cachée dans l'ombre d'une supernova, celle-ci reçut l'offrande qui allait lui permettre de se réincarner, de pouvoir enfin retourner sur terre. Par ce subterfuge, Soliman délaissa le chaos dans lequel il orbitait depuis des siècles, s'intégra au particulier de l'existence humaine, glissa dans le ventre vibrant d'une mère, point nodal de tous les possibles.

À peine sorti du silence originel, il découvrit les borborygmes discordants de la matière. Son cerveau, connecté à un complexe réseau de neurones, enregistra chacune des fréquences de l'habitacle qui était devenu le sien. Tels des sonars perfectionnés, ses oreilles se branchèrent sur chacune des tonalités de sa nouvelle incarnation.

Une fois le choc passé, il découvrit que ses culbutes fœtales et le gargouillement de son océan privé lui rappelaient étrangement l'existence qu'il avait menée dans le grand Tout. Heureux comme un poisson dans l'eau, il constata avec étonnement qu'il était maintenant l'unique planète de cet étrange royaume, en ressentit une immense fierté. Les choses se gâtèrent quand, au quatrième mois de ce séjour intra-utérin, une échographie profana son intimité et révéla son identité. De quel droit osait-on s'infiltrer dans un domaine aussi intime ?

Dès qu'ils purent cerner l'image, ses parents s'extasièrent et, sur-le-champ, se mirent en communication avec lui. Non seulement la peau de l'abdomen qui lui servait d'abri était-elle caressée, mais sa mère lui chantonnait à toute heure d'impossibles ritournelles. Quant à ce zigoto de père, il posait ses lèvres sur l'élastique tambour du ventre maternel pour y reproduire un bruit de pétarade qui, immanquablement le faisait tressaillir. Ce soubresaut attestait qu'il était en vie et rassurait ses géniteurs. Soliman était devenu sceptique : s'il ne lui était pas possible de trouver la paix dans le sanctuaire soyeux de sa mère, comment allait-il plus tard savourer quiétude et sérénité ? Encore aphone, il voulut leur dire d'arrêter, hurler sa désapprobation, mais en vain.

Ses parents décidèrent alors de l'initier à la musique. Ils le gavèrent de mélodies en appliquant les écouteurs sur la peau de plus en plus tendue de sa coquille. Classiques, jazz, rock, chansonnettes le stupéfièrent à tel point qu'il refusa de quitter son antre une fois le temps venu. Le corps médical, qui était habitué à ce genre d'opposition, provoqua l'accouchement et força l'avènement. D'emblée, il signifia son indignation et se mit à hurler. Peu informé sur le monde dans lequel il faisait son entrée, il ignorait que d'autres nourrissons avant lui avaient eu la même réaction. Ses parents pleurèrent de joie. Il avait crié, donc il était en vie.

○

Six mois plus tard, il s'égosillait toujours et refusait de faire ses nuits. Hagards, les yeux cernés, ses géniteurs trouvaient ses vociférations beaucoup moins réjouissantes. À l'évidence, leur enfant était vivant, vigoureux, mais fort peu reposant. S'ils l'avaient jusqu'ici rassasié de sons, c'était maintenant au tour de Soliman de se manifester. Il explora la résonance de l'audible et du mesurable, élargit le champ de l'ouïe, le sien et celui de son entourage : il s'affirma à cor et à cri. Notre petit homme ne manquait jamais une occasion de faire vibrer ses cordes vocales. Les possibilités de leurs consonances et de leurs dissonances, la puissance de leur registre, le dérangement qu'elles causaient en société lui devinrent source de béatitude. Il se découvrait détenteur d'un pouvoir grandiose et illimité.

Dans l'espoir de le calmer, ses parents lui achetèrent des boîtes musicales, espérant que cette harmonie acoustique engendrerait chez leur rejeton de meilleures dispositions. Il les fit jouer toutes en même temps et ce sans arrêt. On les lui confisqua. Il s'attaqua ensuite aux casseroles avec vigueur de sorte que les armoires furent verrouillées. Puis, lorsque enfin il découvrit la parole, il devint volubile au-delà de toute prédiction.

Père et mère décidèrent de canaliser ses dons, d'encourager ce prodige auquel ils avaient donné naissance. Petits violons à quatre ans, piano à six ans, flûte traversière à l'adolescence, multiples cours de chant, toutes les voies furent explorées. Si le jeune Soliman épuisait les professeurs à tour de rôle, il y gagnait en dextérité, à un point tel que la musique devint pour lui une voie incontournable. Le silence était peut-être Dieu, mais la musique était son ange. Et lui, Soliman Santerre serait le bras droit de cet ange bienfaisant. *In petto*, le sort le désigna chef d'orchestre.

○

Sa renommée internationale lui ouvrit les meilleures salles de spectacle et l'amena à jouer avec les plus grands virtuoses. À quarante ans, au sommet de sa gloire, il sombra toutefois dans une terrible dépression. Personne n'en comprit la cause sauf lui : les sons, quels qu'ils soient, avaient à ce point rongé sa paix intérieure qu'il souhaitait maintenant devenir sourd. Pourtant, la musique était son unique compagne, aucune femme n'ayant voulu partager son univers. Pendant toutes ces années, il avait bourlingué seul contre vents et marées, les notes dans sa tête, sur ses lèvres, au bout de sa baguette de chef d'orchestre. Il devait se rendre à l'évidence : ces mêmes modulations qui autrefois le réjouissaient, aujourd'hui le harcelaient. Conversations, bruits ambiants et symphonies lui causaient des migraines insupportables.

Soliman tenta de trouver un remède à ce malaise en se faisant chasseur de silence. Obsédé par sa quête, il entreprit alors de piéger le silence entre les notes, dans l'instant furtif précédant l'ouverture symphonique que dirigeait sa baguette ou dans les secondes suivant les applaudissements. Il lui semblait, à ce moment précis, percevoir l'insonorité de l'au-delà, retrouver l'univers où tout commence et s'abolit, rejoindre la paix du Rien, la voie sans voix de l'Infini.

Dans sa poursuite, il porta son attention aux virgules, aux points-virgules et aux points ; l'espace entre les paragraphes l'enivra, les chapitres lui firent tourner la tête, le blanc feutré des marges capta toute son attention. Si les gens lui adressaient la parole, il n'entendait plus leurs propos, mais ce qu'ils lui taisaient. Et c'est ainsi que, de découverte en découverte, il pista le silence entre les sonneries du téléphone, dans le pli des rideaux, au creux d'une poche de pantalon, derrière une double vitre, ou la tête sous l'eau lorsqu'il prenait son bain.

Consciencieux, mais surtout fidèle, Soliman revint finalement à ce qu'il connaissait si bien : la musique. Il revisita les notes et leurs variations, constata que le silence avait également une valeur mélodieuse. N'était-ce pas un signe négatif, particulier certes, mais de même capacité signifiante que tous les autres signes musicaux ? Le silence n'était pas en deçà ni au-delà de la musique, il en faisait partie. La ronde imposait une pause ; la blanche, une demi-pause ; la noire, un soupir ; la croche, un demi-soupir et ce, jusqu'au seizième de soupir signifié par la quadruple croche. La musique engrangeait du non-entendu, de l'imperceptible. Quel bonheur !

○

Ce réconfort fut de courte durée. Le mois suivant, il fut affecté de la pire chose qui puisse arriver à un musicien : ses oreilles perçurent des sifflements qui n'existaient que dans sa tête. Le médecin diagnostiqua des acouphènes dont la cause semblait relever d'une surexposition aux sons. Les médicaments n'eurent pas d'effet, aucune chirurgie ne put le soulager. Il souffrait de vertiges, de nausées, et la musique ne l'atteignait maintenant qu'à travers des sifflements aigus. C'était comme si l'alarme d'une sirène hurlait en permanence dans sa tête. Il cessa de diriger. Musique et acouphènes n'étaient plus qu'un magma de dissonances et de cacophonies.

Il comprit alors qu'il n'avait d'autre option que de rejoindre le silence précédant sa conception, ce silence libéré de tout lien et de tout lieu: la grande matrice feutrée de l'univers.

○

La rondeur parfaite de la lune illumine les derniers jours de l'année. En cette veille de la Saint-Sylvestre, la deuxième pleine lune de décembre, celle que l'on surnomme la lune bleue, disperse ses mystères sur la nappe invitante de la neige. Cette lune, dit-on, est beaucoup plus forte que les douze autres, plus énergétique aussi. Elle ouvre un portail aux rituels de sorcellerie, et c'est pour cette raison qu'on l'appelle lune des sorcières. Dans l'ancienne civilisation celte, les prêtresses l'attendaient pour s'adonner à leurs pratiques, et les druides pour présider à des cérémonies sacrées ou pour accomplir des sacrifices.

Soliman l'aperçoit à travers le pare-brise de l'auto, il a le sentiment qu'elle lui fait signe. Dans ses oreilles, la cacophonie du monde est plus perçante que jamais. Il n'en peut plus. Délaissant le boulevard des Allumettières, il emprunte une rue secondaire et bifurque vers le lac des Fées. En plein cœur de la ville, l'écosystème naturel de cet endroit et sa magie l'ont toujours attiré. Combien d'heures y a-t-il passées à observer les oiseaux ou à flâner le long des sentiers, il ne saurait dire. Mais ce soir, plus que jamais, il a besoin de s'y retrouver.

Il quitte la voiture. Ses pas, qui connaissent bien la route, le mènent à son rocher préféré, minuscule promontoire qui surplombe l'arrondi du lac. Derrière lui, les racines des arbres dorment paisiblement sous l'édredon blanc alors que l'hiver se répète en écho dans le craquement des branches.

Épuisé, il se couche sur la couverture neigeuse, y dessine l'empreinte d'un ange, comme lorsqu'il était enfant. La froidure lui enserre le corps. Ce matin, on annonçait des températures sibériennes. Ses membres s'engourdissent peu à peu. Les acouphènes s'atténuent, les bourdonnements de sa tête s'espacent, son cœur ralentit. Plus de sirènes, plus d'alarmes, ni mots ni notes. Son âme profonde se purge de tous ses démons. Les yeux bien ouverts sur cette grandiose lune bleue, sur chacune de ces étoiles qui brillent timidement au cœur de la voûte enchantée, Soliman se laisse aller. Un à un, les bruits s'émoussent, et l'énergie créatrice de l'univers s'intègre à la poussière astrale.

Un silence éblouissant le pénètre enfin. Au-dessus du lac des Fées, la lune déambule lentement, poursuit sa traversée, transperce les ténèbres. Sa fabuleuse rondeur est soutenue par des milliers d'étoiles.

À peine pleine, elle commence pourtant déjà à décliner.

Soliman a enfin retrouvé l'insonorité de l'avant et de l'après.

Quand la pleine lune brilla dans le ciel,
Hänsel prit sa sœur Gretel par la main.
Ils suivirent les petits cailloux blancs
qui étincelaient telles des pièces d'argent toutes neuves
et leur montraient la route.

Hänsel und Gretel
Conte des frères Grimm

Table

Collection « Rafales »

ASSINIWI, Bernard, *Ikwé, la femme algonquienne.*

BOLDUC, Claude, *Entre les bras des amants réunis suivi de contes de la nuit tombée.*

BOLDUC, Claude, *Histoire d'un soir et autres épouvantes.*

BOLDUC, Claude (dir.), *Petites danses de Macabré.*

BOLDUC, Claude, *Les Yeux troubles et autres contes de la lune noire.*

BOURGON, Michèle et Vincent THÉBERGE, *30 – Trente – XXX.*

BOURGON, Michèle et Vincent THÉBERGE, *Des nouvelles de Gatineau !.*

BOURGON, Michèle et Vincent THÉBERGE, *Des nouvelles de Gatineau 2. Fêtes et festivals.*

CARLE, Élizabeth, *La Toile blanche.*

CHAMPETIER, Joël et Yves MEYNARD (dir.), *Escales sur Solaris.*

DURAND, Frédérick, *À l'intention des ombres.*

PERROT-BISHOP, Annick, *Fragments de saisons.*

SALDUCCI, Pierre, *Ma vie me prend tout mon temps.*

ST-DENIS, Michel, *L'Aspirale.*

THEILLET, Laurent, *Il paraît qu'il fait froid.*

VALLIÈRES, Claude, *Les Jours où je suis né.*

VALLIÈRES, Claude, *J'attendais que tu oses un geste.*

VONARBURG, Élisabeth, *… et autres petits mensonges.*

VONARBURG, Élisabeth, *Vraies histoires fausses.*

RECYCLÉ
Papier fait à partir de matériaux recyclés
FSC® C100212
FSC www.fsc.org

GARANT DES FORÊTS INTACTES

Réalisation des Éditions Vents d'Ouest inc., Gatineau
Impression : Imprimerie Gauvin ltée
Gatineau

Achevé d'imprimer en septembre deux mille quatorze

Imprimé au Québec (Canada)